AF279500

Petra Weise

# Meine fremde Familie

Roman

Mit der Zeit fliegt alles auf:
Die verstecktesten Lügen,
die offensichtlichsten Gründe
und die falschesten Personen.

# Inhalt

## Mia

Vater ist seltsam geworden. Schon äußerlich. Er läuft rum, als wäre er Mitte Zwanzig wie ich, dabei ist er weit über fünfzig Jahre alt. Furchtbar! Seine ewig grauen Anzüge mochte ich zwar auch nicht, aber sie passten zu ihm. Doch seit vier Monaten trägt er sie nicht mehr, sondern Jeans und bunte Shirts mit Druckdesigns von nackten Körpern oder albernen Sprüchen wie *Ich spüre das Tier in mir*. So geht man doch nicht auf die Straße! Schon gar nicht in seinem Alter. Um seinem Hals hängt eine dicke Metallkette, am Arm mehrere Bänder aus Leder und im linken Ohr prangt ein Ohrring aus grauem Stahl. Er macht ein peinliches Theater um seine Haare, die stark gegelt nach oben störzeln. Ich glaube, er würde sich sogar die Haare färben, wenn grau nicht gerade *in* wäre.

Ich begreife nicht, warum Mama seinen lächerlichen Aufputz duldet. Sie ist doch sonst so auf Etikette bedacht.
„Lass ihm doch die Freude!", sagt Mama.
Freude? Ich will nicht, dass die Leute über meinen Vater lachen. Dieser Aufzug passt nicht zu ihm, weil er eher kühl und unnahbar ist und im

Stadtamt arbeitet. Mir ist direkt peinlich, wie er sich auf jung trimmt und sich dabei lächerlich macht, ohne es zu merken. Ich mag mich nicht mit ihm in der Öffentlichkeit zeigen. Aber dazu hat er sowieso kein Lust. Keine Zeit, sagt er.

Das stimmt so nicht, denn er hat mehrmals in der Woche Zeit für das Fitnessstudio, um Krafttraining zu machen.

Mama mag sportliche Männer. Aber sie findet es übertrieben, dass er sich ein winziges Zelt, orangefarbene Wanderschuhe und einen Rucksack kaufte, um jedes Wochenende auf Tour zu gehen. Allein.

Mama mag nicht in der Natur schlafen. Natürlich nicht. Sie hat Stil und würde lieber mit ihm durch die Stadt bummeln, chic einkaufen und bei einer Reise in einem guten Hotel übernachten.

Doch das ist Vater zu langweilig. Auf einmal!

Ich verstehe ihn einfach nicht mehr.

Eigentlich habe ich ihn noch nie verstanden, aber das muss eine Tochter auch nicht. Ich habe ihn bewundert. Er war so, wie man sich den Vater vorstellt: groß, stark, zurückhaltend und immer auf Arbeit. Er ist Planungsleiter im Leipziger Stadtamt. Ich mochte seine bernsteinfarbenen Augen und seine Haare, die früher glatt und hellbraun waren. Doch leider habe ich die schwarzen Locken meiner Mama geerbt. Lieber wären mir blonde glatte Haare, weshalb ich sie heller färben wollte, doch das ist bei Locken und dunklem Haar schwierig. Für das aktuelle Grau-Blond müsste ich sie mir sogar bleichen lassen. Das will ich nicht. Deshalb habe ich mir die Haare rappelkurz schneiden lassen und verstecke die Locken unter einem Tuch oder einer trendigen Mütze, wenn ich ausgehe.

*****

Ich habe meiner Freundin Karo vom peinlichen Stilwechsel meines Vaters erzählt. Aber sie findet ihn überhaupt nicht peinlich. Sie findet ihn cool.
„Cool? Was soll das heißen?“
„Ich wünschte, mein Alter wäre so geil wie deiner.“
„Spinnst du? Woher kennst du ihn überhaupt?“
„Seit der Preisverleihung im vorigen Jahr.“
Damals trug Vater noch Schlips und Anzug, ein Wunder, dass sie ihn im aktuellen Aufzug überhaupt wiedererkennt.
Karo belegte im letzten Jahr beim Architektenwettbewerb für eine Parkgestaltung einen vorderen Platz. Sie will auch für ihre Masterarbeit einen Park entwerfen und kein Gebäude. Ich dachte, Architekten gestalten nur Häuser, aber

im Grunde ist es mir gleichgültig. Parks interessieren mich nicht, ich bin wie Mama ein Stadtkind. Auch Karo war wie ich. Doch neuerdings schwärmt sie von Parks, von denen es in Leipzig mehr als genug gibt.

Sie hat überhaupt keine Zeit mehr für mich, seit sie einen neuen Freund hat. Dieser Typ scheint älter zu sein, denn er macht teure Geschenke und fährt mir ihr ins Wochenende, so richtig schick mit Hotel und Gourmetdinner, worauf sie sich wunder was einbildet. Dabei ist nur wichtig, dass man satt wird. Sie schwärmt vom Essen. Das muss man sich mal vorstellen! Von dem Typ erzählt sie nichts und macht ein albernes Geheimnis um ihn. Deshalb frage ich gar nicht mehr und tue so, als ob der Heini mich nicht die Bohne interessiert.

Früher gingen Karo und ich meist auf die *KarLi*, wo es unzählige Kneipen und Bars gibt. Doch dazu hat sie keine Lust mehr und allein mag ich nicht ausgehen. Es ist eben ein Fehler, wenn man nur eine einzige Freundin hat, die nur ihren neuen Lover im Kopf hat, den ich jetzt schon nicht ausstehen kann, obwohl ich ihn nicht kenne.

*****

Ich bin Verkäuferin bei Pandora. Mama fand es nicht gut, nach dem Abitur *nur* Kaufmann für Einzelhandel zu lernen. Ich sollte studieren, um anschließend wie Vater im Stadtamt zu arbeiten. Das wird erheblich besser bezahlt als die Arbeit im Verkauf, obwohl man für den Bachelor auch nur drei Jahre studiert, genauso lange dauert die Ausbildung zum Kaufmann. Studium ist wie Schule, nur lockerer. Man hört sich Vorträge an, falls man Lust dazu hat. Eine Ausbildung dagegen findet gezielt für einen bestimmten Beruf in einer Firma statt, was mir sinnvoller erscheint. Doch meine Eltern halten ein Studium für nützlicher.

Sinn und Nutzen sind zwei verschiedene Dinge. Nicht alles, was für mich sinnvoll ist, ist auch nützlich. Für mich macht es Sinn, Schmuck zu verkaufen. Ich liebe Schmuck und kann mir nichts Schöneres vorstellen, als den ganzen Tag Ketten, Ringe und Armbänder in den Händen zu halten und diese wundervollen Dinge den Kunden anzubieten.

Mich ärgert, dass Vater seinen Schmuck nicht bei mir im Laden kauft, obwohl er weiß, dass ich Provision bekomme. Er trägt nicht einmal mehr seinen Ehering, sondern nur noch Ringe aus Stahl.

## Sonja

Ich verstehe nicht, weshalb sich Mia über ihren Vater aufregt. Erik sieht mit seiner modischen Kleidung und Frisur richtig flott aus, nicht mehr so langweilig wie bisher. Mir gefällt er jetzt sogar besser als in den vielen Jahren unserer Ehe, in denen er nur graue Anzüge trug. Das passte gut zu seinem Job im Stadtamt und den vielen Terminen mit Architekten und Bauleitern. Doch inzwischen hat er eine Position, in der er sich nicht mehr so anpassen muss wie früher. Ich kann gut verstehen, dass er sich übers Wochenende auspowern muss, mit seinem Rucksack unterwegs ist und im Zelt übernachtet. Für mich ist das nichts. Ich ziehe den Komfort in einem guten Hotel vor. Ich will mir den Kaffee nicht auf einer kleinen Gasflamme kochen und erst recht keine Tütensuppe essen und dabei irgendwo im Gras sitzen. Erik meidet Zeltplätze, wo man wenigstens eine ordentliche Toilette und saubere Duschen hat. Er sagt, er will die Natur spüren und sucht sich seinen Schlafplatz irgendwo im Wald. Nie weiß ich, wo er gerade ist, weil er das vorher selbst noch nicht weiß. Aber ich muss das auch nicht wissen. Ich muss überhaupt nicht immer wissen, wohin er geht, wo er ist und wann er zurück kommt. Er macht das, was er für richtig hält und das ist gut so.

Inzwischen ist es mir ganz recht, dass wir am Wochenende nicht mehr zusammen unterwegs sind. Wenn Erik zeltet und Mia sich mit Freunden trifft, kann ich ungestört daheim am Computer sitzen und nach aktuellen Ausgrabungen forschen. Das geht nicht, wenn Erik oder Mia daheim sind, weil beide gern reden, aber nicht gern zuhören. Ich höre gern zu, selbst dann, wenn sie lange und ohne Pause reden und Dinge erzählen, die mich nicht interessieren. Nur manchmal wird es mir zu viel und würde am liebsten schreien: „Seid endlich still! Ich will das nicht hören! Lasst mich in Ruhe!" Aber ich schreie nie und verbiete niemandem den Mund oder verlange meine Ruhe.

Wenn ich Mutti besuchte, sagte sie oft: „Geh nach Hause, dein Mann wartet!"
Dabei wartete Erik nicht, weil er meist mit Kunden im Lokal zu Abend isst. Mich kränkte es immer sehr, wenn Mutti mich wegschickte, obwohl ich Zeit mit ihr verbringen wollte. Das fällt mir jedes Mal ein, wenn ich keine Nerven mehr habe, den endlosen Monologen von Erik oder Mia zuzuhören. Dann sage ich mir, dass es nichts Wichtigeres für mich geben sollte als

ein Gespräch mit meinem Mann und meiner Tochter und höre weiter geduldig zu, weil ich keinen von beiden kränken mag.

Mia ist schnell gekränkt und ebenso schnell wütend. Sie will, dass ich mit ihr streite. Aber das mag ich nicht. Ich schreie nicht. Nie.

Erik macht sich nicht so viele Gedanken wie ich. Er geht einfach aus dem Zimmer, wenn ihn ein Gespräch nicht interessiert. Oder er setzt sich an seinen Computer und möchte nicht gestört werden.

*****

Ich habe Archäologie studiert und arbeite im Naturkundemuseum Leipzig. Dort habe ich feste Aufgaben und Arbeitszeiten, was erheblich angenehmer ist als früher, als ich bei Ausgrabungen nach verborgenen Schätzen suchte. Anfangs fand ich es spannend, Hügelgräber oder alte verschüttete Mauern freizulegen und herauszufinden, wann und wie die Menschen dort lebten. Aber mit der Zeit wurde das langweilig. Es war immer dasselbe: eine zwecklose Suche nach Scherben zerbrochener Krüge. Eine Stunde graben oder auch zwei mag bei schönem Wetter spannend sein, doch nicht den ganzen Tag, die ganze Woche, das ganze Jahr oder das ganze Leben.

Jetzt graben andere Archäologen und bringen ihre interessantesten Funde ins Museum, wo ich sie in die Ausstellung einarbeiten darf.

Diese wunderbar ruhige Arbeitsstelle habe ich meinem Mann zu verdanken. Erik bekleidet als Planungsleiter im Stadtamt eine wichtige Position. Auf sein Wort hört man, obwohl es im Amt viel Streit gibt zwischen den Abteilungen. Was die eine bewilligt, lehnt die nächste ab. Aber Erik setzt sich meist durch.

Das liegt an seiner ruhigen selbstsicheren Art, die keinen Zweifel an seinen Worten aufkommen lässt. Erik ist sehr kontrolliert. Er bleibt stets Herr seiner Gefühle und wirkt deshalb auf sein Umfeld vernünftig und verantwortungsbewusst, was er schließlich auch ist. Und er ist fürsorglich. Das ist selten bei einem Mann und weit mehr als nur körperliches Begehren. Ich fühle mich sicher und beschützt in seiner Nähe und zwar seit dem Tag, an dem wir uns kennenlernten.

*****

Damals, vor nunmehr fünfundzwanzig Jahren hatte ich mich zufällig im Kino neben Erik gesetzt. Der Film war mir gleichgültig, mir war nicht einmal bewusst, dass ich mich in einem Kino befand, weil ich so schrecklich unglücklich war. Ich war schwanger, aber ich wollte das Kind nicht. Ich wollte es abtreiben lassen, denn bisher war Abtreibung kein Problem. Man ging in eine Klinik und war die Sorge los. Doch inzwischen hatten sich die Zeiten geändert und alles war komplizierter geworden.

Bisher waren Abtreibungen (in der DDR) völlig normal, jede dritte Schwangerschaft wurde abgebrochen. Doch seit dem letzten Jahr galten sie plötzlich als gesetzeswidrig und standen sogar unter Strafe. Für die Leipziger Frauenärzte gehörten Abbrüche seit mehr als zwanzig Jahren zum medizinischen Alltag. Doch nun durften die Frauen nicht mehr selbst entscheiden, ob sie das Kind austragen möchten oder nicht. Das entschieden amtliche Beratungsstellen.

Plötzlich versammelten sich Abtreibungsgegner direkt vor den Kliniken, hielten Plakate hoch und schrien, dass das ungeborene Leben geschützt werden muss. Sie bedrohten sogar die Ärzte. Deshalb boten viele Kliniken keine Abbrüche mehr an.

Mein Frauenarzt verwies auf den Paragraphen 219 des Strafgesetzbuches und schickte mich zu einer Beratungsstelle. Diese Beratung dient dem Schutz des ungeborenen Lebens und sollte mich zur Fortsetzung der Schwangerschaft ermutigen und Perspektiven für ein Leben mit dem Kind aufzeigen. Und sie sollte mich ermahnen, eine gewissenhafte und verantwortliche Entscheidung zu treffen. Doch das hatte ich längst getan.

Die Beratungsfrau sprach in einem mir unbekannten Dialekt, den ich anfangs gar nicht verstand. Sie wollte wissen, warum ich nicht verhütet hätte. Das hatte ich sehr wohl, doch sie glaubte mir nicht und verlangte einen zweiten Termin, den ich zusammen mit meinem Mann wahrnehmen sollte.

„Ich bin nicht verheiratet", gab ich an.

„Fir die Freid wor da Mo guad. Nu hod er Sie sitzenlossn und jetzt woin Sie Ihr Kind tödn", wetterte sie empört.

Wer nicht klar spricht, denkt nicht klar. Die Frau stammte aus dem katholischen Bayern, doch ihr Dialekt war im sächsischen Leipzig nicht angebracht und sowieso kaum zu verstehen.

„Es ist noch kein Kind und soll auch keins werden. Außerdem hat Markus nicht mich verlassen, sondern ich ihn."

„Wern Sie ned frech!", schnauzte sie.

Nach einigem Hin und Her gestand ich: „Mein Freund ist Alkoholiker."

„Warum lossn Sie si mid so am a?"

Warum ich mich mit so einem einlasse? Ich kannte Markus schon als kleines Mädchen. Wir gingen zusammen zur Schule und am Nachmittag oft in die Schwimmhalle. Als ich mich in ihn verliebte, war ich kaum sechzehn Jahre alt, da hat er noch nicht getrunken. Mit dem Trinken fing er erst während seines Studiums an. Ich habe es nicht bemerkt. Ich mochte seine lustige und unbeschwerte Art. Wir hatten viel Spaß, aber nur, wenn er Alkohol in sich hatte. Das merkte ich erst viel später. Nüchtern lag er nur übellaunig auf dem Sofa. Und irgendwann gab es Momente, wo er auf dem Boden in seiner Kotze lag. Dann wünschte ich, er würde etwas trinken und wieder nett zu mir sein. Gleichzeitig schämte ich mich für diesen Gedanken.

Ich wollte ihn verlassen, weil mir klar war, dass man sich auf einen Alkoholiker nicht verlassen kann. Aber immer, wenn ich dazu bereit war, tat er etwas Wundervolles. Er schenkte mir einen Bildband über Kathedralen der Steinzeit, den ich mir schon lange kaufen wollte. Oder er überreichte mir Kinokarten oder ein silbernes Armband mit kleinen lila Herzen. Ich liebte ihn, aber ein Kind wollte ich nicht mit ihm. Er war unzuverlässig und vergaß oft, wenn wir verabredet waren. Außerdem hatte ich Angst, dass der Alkohol dem Ungeborenen bereits geschadet hat und es behindert sein könnte.

Als ich Markus sagte, dass ich schwanger bin, machte er mir sofort einen Heiratsantrag. Aber ich wollte nicht geheiratet werden, ich wollte einen Mann, der nicht trinkt, der zu mir steht,

der Verantwortung zeigt. Das habe ich ihm auch gesagt. Er versprach hoch und heilig, keinen einzigen Tropfen mehr anzurühren. Das hatte ich so krass nicht gefordert, er sollte einfach mit nur einem Bier zufrieden sein und nicht gleich zehn trinken und dazu Schnaps. Doch schon am nächsten Tag kam er mir strahlend entgegen getorkelt. Da warf ich ihn raus und sagte, dass ich ihn nie wieder sehen will.
Vielleicht hätte ich die Beratungs-Frau davon überzeugen können, dass eine Abtreibung besser ist als ein Kind von einem Alkoholiker. Doch plötzlich kam ich mir dumm vor und bin einfach gegangen.

Ich ging ins nächstbeste Kino zur Nachmittagsvorstellung. An den Film kann ich mich nicht erinnern, weil ich die ganze Zeit weinte. Ich wollte das Kind nicht austragen, aber ich fühlte mich schuldig. Es war meine Schuld, dass ich schwanger war. Und es war ganz allein meine Schuld, dass ich ausgerechnet von Markus schwanger war, den ich liebte, aber manchmal nicht ausstehen konnte. Ich wollte kein Kind von einem Säufer und fühlte mich kreuzunglücklich und schrecklich allein. Ich wollte das Kind nicht austragen, weil ich es nicht allein großziehen wollte.
Erik saß neben mir und reichte mir wortlos eine

Packung Taschentücher. Erst da wurde mir bewusst, dass ich in einem Kino saß und einem fremden Mann etwas vorheulte.

Als der Film zu Ende war, hakte er sich einfach bei mir ein und sagte: „Ich bin Erik und lade Sie zu einem frühen Abendessen ein."

Das war mir gar nicht recht. Trotzdem ging ich mit.

Als ich Erik das erste Mal nackt sah, war ich überrascht, weil er viel kräftiger war als ich gedacht hatte. Ich versuchte, Markus aus dem Kopf zu bekommen und konzentrierte mich auf Eriks Augenbrauen und seinen weichen Mund. Ich wusste, es musste mir jetzt und heute gelingen, mich ihm hinzugeben, um mit Markus abzuschließen und mit Erik neu zu beginnen. Mir war zum Heulen zumute, aber ich riss mich zusammen und fing an, Eriks sanfte Berührungen zu genießen. Es war schön, seinen nackten Körper zu spüren, der sich vollkommen an meinen anpasste.

*****

Das ist inzwischen fünfundzwanzig Jahre her. Wir heirateten an meinem zweiundzwanzigsten Geburtstag und zwar noch vor Mias Geburt, weshalb Erik automatisch als der Vater in der

Geburtsurkunde steht. Denn der Vater eines Kindes ist der Mann, der zum Zeitpunkt der Geburt mit der Mutter des Kindes verheiratet ist. Die rechtliche Vaterschaft besteht unabhängig davon, ob der Mann auch der Erzeuger des Kindes ist und wird von keinem Amt hinterfragt. Ich wusste, bei Erik würde ich immer in Sicherheit sein und dass er mir nie etwas Böses wünschen würde. Er trinkt wie ich am Abend oft ein Glas Wein, aber keinen Schnaps. Dagegen kann er nicht auf Kaffee verzichten, den er täglich literweise trinkt. Schon am Morgen braucht er noch vor dem Frühstück seinen starken Kaffee und tagsüber sicher zwanzig Tassen von diesem Gebräu. Bevor er ins Bett geht, brüht er sich immer noch einen Espresso auf. Das finde ich nicht schlimm. Es ist nur eine Angewohnheit durch seine vielen Besprechungen mit Kollegen und Kunden.

Anfangs war die Schwangerschaft schwierig für mich. Ich schämte mich, als der Bauch immer dicker und ich immer behäbiger wurde. Ich ertrug es einfach nicht und nahm mir vor, das Kind nicht zu stillen. Ich wollte nicht, dass es an meiner Brust saugt, als wäre ich ein Tier. Schon den Gedanke daran fand ich widerwärtig.
Doch als Mia dann da war und ich das winzige wehrlose Wesen in meinen Armen hielt, war ich

im gleichen Moment überglücklich, es ernähren und beschützen zu dürfen. Mia war ein pflegeleichtes Baby, das problemlos trank und viel schlief. Ich konnte stundenlang ihr liebes Gesichtchen betrachten, als wäre es das größte Wunder auf der ganzen Welt.

*****

Heute weiß ich, dass ich alles richtig gemacht habe, denn Erik und ich führen eine glückliche Ehe. Mein Leben gefällt mir. Ich möchte nichts daran ändern. Ich glaube inzwischen, dass eine Beziehung längerfristig nur funktioniert, wenn sich Gleich zu Gleich gesellt. Das ist bei uns der Fall. Wir interessieren uns beide für Geschichte, das Altertum und Bauwerke und stammen beide aus Leipzig. Man sollte sich ohnehin seinen Partner in der Gegend suchen, in der man aufgewachsen ist.
Markus und ich wuchsen zwar Tür an Tür auf, aber wir sind grundverschieden. Ich bin gern daheim und lese Fachartikel, während Markus am liebsten mit Freunden unterwegs war. Ich trinke gern ein Glas Wein oder auch mal einen Cocktail, doch Markus schluckte unkontrolliert unglaubliche Mengen Bier und sogar Schnaps. Das wäre nie im Leben gut gegangen mit uns.
Erik dagegen ist zuverlässig und liebt Mia wie

seine eigene Tochter, was sie im Grunde auch
ist.

Der einzige Unterschied zwischen Erik und mir
ist, dass ich das Alte mag. Etwas, das es schon
immer gab. Erik dagegen mag das Neue. Er will
unsere Stadt verändern, sie schöner machen,
neu aufbauen mit Gebäuden und Brücken, die
es zuvor noch nicht gab. Das Lipsia-Haus und
die Häuser im Barfußgässchen gefallen ihm genauso gut wie mir, doch noch mehr bewundert
er den schlichten Bauhausstil des Europahau-
ses, der Versöhnungskirche oder der Guten-
bergschule. Aber seine wahre Leidenschaft gehört dem Neuen. Er will Neues schaffen, etwas,
das auffällt und die Menschen beeindruckt.


## Markus

Als mich Sonja vor die Tür setzte, ging ich sofort in die nächstbeste Kneipe und gab mir voll
die Kante.

Mit dem regelmäßigen Trinken fing ich als Stu-
dent an, weil ich Sonja so vermisste und ohne
Alk die Trennung von ihr nicht aushielt.

Sonja war schon immer meine Freundin, denn
wir wohnten im gleichen Haus und verbrachten
unsere Freizeit zusammen. Sie war mir näher

als mein älterer Bruder. Im Grunde war ich öfter bei Sonjas Familie als daheim, aß bei ihnen zu Abend und ging nur zum Schlafen nach Hause. Ich mochte ihre Eltern lieber als meine. Meinen Vater kannte ich nicht und meine Mutter kümmerte sich weder um mich noch um meinen Bruder. Sie weinte ununterbrochen, wenn sie daheim war.

Erst viele Jahre später erfuhr ich den Grund:

Vater hatte die Familie verlassen, als ich zwei Jahre alt und mein kleiner Bruder gerade geboren war. In der DDR gab es für Geschiedene keine Ausgleichszahlungen, da jeder arbeitete und selbst verdiente. Mutter nutzte zuerst das bezahlte Babyjahr, blieb daheim und bekam anschließend für Jens einen Krippenplatz. Mein großer Bruder und ich gingen in den Kindergarten.

Als Mutter eines Tages nach der Arbeit den Kleinen aus der Krippe holen wollte, war er nicht mehr da. Die Erzieherin meinte lakonisch, das Jugendamt habe Jens abgeholt. Mutter lief völlig aufgelöst zum Jugendamt. Dort sagte man ihr, dass sie als Alleinstehende nicht für drei Kinder sorgen könne und man deshalb eine andere, eine *intakte* Familie für Jens gefunden hatte. Näheres erfuhr sie nie, obwohl sie anfangs jede Woche im Jugendamt nach-

fragte. Irgendwann gab sie auf.
Mutter sah Jens nie wieder und ist daran zerbrochen. Sie fing an zu trinken und kümmerte sich kaum um mich und meinen Bruder.

Das alles wusste ich als Kind nicht. Ich wusste nur, dass es bei Sonja und ihren Eltern schöner war als bei meiner Familie.
Nach der Wende versuchten wir, Jens zu finden, aber die Suche muss vom Kind ausgehen, nicht von der Mutter. Das Amt konnte oder wollte uns nicht helfen.

*****

An Sonja mochte ich alles: ihre wilden schwarzen Locken, ihre Art zu lachen und mit mir zu sprechen. Sie kreischte und tuschelte nicht wie die anderen Mädchen, ich fand sie angenehm normal und war gern mit ihr zusammen.
Nach dem Abitur hätte ich wie Sonja in Leipzig studieren können, doch ich wollte weg und das Leben voll genießen. Seit dem Ende der DDR durfte man überall hin reisen, sogar nach Amerika. Und man durfte in fast jedem Land studieren. Leider war mein Englisch zu schlecht, um sofort in die USA zu fliegen, vom fehlenden Geld ganz zu schweigen. Ich bewarb mich in weit entfernten Universitäten und studierte

schließlich in Düsseldorf, fünfhundert Kilometer von Leipzig entfernt. Dort wollte ich die Sau rauslassen, mich amüsieren und viel Spaß haben. Aber ich war nicht imstande, mich so frei zu fühlen wie ich erwartet hatte. Nichts machte mir Freude, ich war wie leer. Endlich merkte ich, woran das lag: Mir fehlte Sonja! Ich vermisste ihr Lachen, ihr liebes Gesicht und ihre wilden Locken. Ohne sie war nichts wirklich schön.

Am liebsten wäre ich sofort wieder nach Hause gefahren, weil mir Sonja so fehlte. Doch das ging nicht. Also fing ich an zu trinken, um nicht ständig an sie denken zu müssen.

Zum Weihnachtsfest fuhr ich nach Hause und traf Sonja endlich wieder. Ich hätte sie gern gefragt, ob sie inzwischen einen Freund hat. Aber ich tat es nicht, weil ich Angst hatte, dass sie ja sagt und mir von ihm vorschwärmt. Stattdessen erzählte ich dumme Geschichten von Partys, auf denen ich niemals war und von Mädchen, die ich gar nicht kannte. Sonja lachte darüber, aber ich merkte, dass sie verstimmt war.

Wieder zurück in Düsseldorf ärgerte ich mich über mich selbst und wusste nicht, wie ich all den Unsinn, den ich erzählt hatte, wieder gut machen kann. Ich nahm mir fest vor, Sonja in den Semesterferien alles zu erklären und ihr zu gestehen, dass sie die Frau meines Lebens ist und ich nie mehr ohne sie sein möchte. Ich wollte ihr sogar einen Heiratsantrag machen.

Doch es kam anders, denn Sonja war gar nicht daheim. Sie nahm in England oder Schottland an einer Feldforschung teil, die bis zum Ende der Semesterferien dauert. Was sollte ich drei Monate daheim ohne sie, wo mich das Haus, jeder Stein und jeder Baum in der Stadt an sie erinnerte?

Am liebsten wäre ich ihr nachgereist. Doch selbst, wenn ich gewusst hätte, wo genau sie wohnt und arbeitet, ich hätte kein Geld für diese Reise gehabt.

Erst zum nächsten Weihnachtsfest sah ich sie wieder und wir wurden ein Paar. Aber ich hatte mich inzwischen an die regelmäßigen Flaschen Schnaps gewöhnt und konnte nicht mehr aufhören zu trinken. Ich bin mir nicht sicher, ob Sonja es merkte. Sie hat nie etwas gesagt und war nur sauer, wenn ich zu spät kam oder eine Verabredung komplett verpasste. Ich hätte sie anrufen und absagen können, doch wenn ich trank, dachte ich an nichts anderes.

Als sie mir sagte, dass sie schwanger ist, sprang ich vor Freude wild umher und machte ihr endlich den längst geplanten Heiratsantrag. Doch sie sah mich nur stumm an.

„Heißt das Ja?", fragte ich.

„Bist du verrückt geworden?", schrie sie. „Bring zuerst dein verkorkstes Leben in Ordnung, bevor du eine Familie gründest! Eher lasse ich das Kind abtreiben als dich in seine Nähe."

„Warum?"

„Das fragst du noch?" Empört schnaufte sie und stemmte ihre Fäuste in die Hüften. „Du trinkst! Auf dich ist kein Verlass!"

Ich versprach, mit dem Trinken aufzuhören und keinen Tropfen mehr anzurühren, doch Sonja zuckte nur resigniert mit der Schulter. Sie glaubte mir nicht. Leider bekam ich am zweiten Tag ohne Alkohol höllische Kopfschmerzen und nahm eine Tablette. Doch sie half nicht. Ganz im Gegenteil! Mich quälten plötzlich seltsame Angstzustände. Ich war unruhig und sah nebelhafte Gestalten. In meiner Panik griff ich zum Bier. Direkt nach dem ersten Schluck ging es mir wieder gut, was mich sofort beruhigte. Mir war klar, dass es dumm wäre, auf Bier und Schnaps zu verzichten. Ich wollte keine Kopfschmerzen. Ich wollte Sonja. Doch zuerst wollte ich Schnaps. Sobald ich die Flasche an die Lippen setzte, war sie auch schon leer und ich sternhagelvoll. In diesem Zustand torkelte ich glücklich zu Sonja. Doch sie stieß mich zurück und sagte, dass sie mich nie wieder sehen will, weil ich unzuverlässig bin. Das gab mir einen furchtbaren Stich im Herzen und ich war im gleichen Moment stocknüchtern. Aber all meine Beteuerungen halfen nicht, Sonja schickte mich fort.

Natürlich war ich wütend auf sie und betrank mich noch mehr. Ich musste zurück nach Düsseldorf ohne ein nettes Wort von ihr, ohne Abschiedskuss. Sie ging nicht einmal mehr ans Telefon, wenn sie daheim war und Handys, die jeder bei sich trägt, gab es damals noch nicht.

*****

Viele Monate später erreichte ich ihre Mutter am Telefon. Ich fragte sie, wie es Sonja geht und kündigte meinen Besuch zum Weihnachtsfest an. Doch sie antwortete, dass Sonja verheiratet ist. Verheiratet? Mit wem? Jedenfalls nicht mit mir. Damit hatte ich im Leben nicht gerechnet. Ich wusste, dass Sonja wütend war, aber das war sie oft und irgendwann wäre die Wut vorüber. Wir waren schließlich ein Paar, das bald ein Kind bekommen sollte. Niemals kam mir in den Sinn, dass Sonja das Kind tatsächlich wegmachen lässt. Ich dachte, sie beruhigt sich beruhigen, wenn sie mich genug gestraft hat. Unser Kind abzutreiben ist schlimm genug. Sie hätte mich fragen müssen. Aber einen anderen Mann zu heiraten …

Ich war völlig fassungslos, blieb in Düsseldorf und ließ die Sau raus aus Kummer, weil Sonja für mich verloren war. Ich kam nicht darüber hinweg und trank mich fast zu Tode. Doch irgendwann hatte ich begriffen, dass es so nicht weitergeht. Ich hörte von einem Tag auf den anderen auf zu trinken und rührte keinen einzigen Tropfen Alkohol mehr an. Doch es war zu spät.

*****

Zwei Jahre später traf ich Sonjas Vater vor dem Haus. Er trug ein kleines Mädchen auf dem Arm, das die gleichen dunklen Locken hatte wie Sonja. Ich blieb wie gelähmt stehen. War das mein Kind? Oder war es das Kind ihres Ehemannes? Vom Alter her könnte es meine Tochter sein.

Die Kleine lachte mich an. Auch Sonjas Vater lachte. Er war sichtlich stolz auf das Mädchen.

„Das ist Mia, meine Enkelin", erklärte er.

„Ist sie mein Kind?", fragte ich hastig.

„Das spielt keine Rolle."

„Das spielt sehr wohl eine Rolle", entgegnete ich heftig. „Wenn ich der Vater bin, werde ich meine Rechte wahrnehmen."

„Du hast keine Rechte."

„Man kann einen Test machen, der beweist, ob ich der Vater bin und dann klage ich meine

Rechte ein."

„Du hast keine Rechte", wiederholte er. „Biologische Väter können die Elternschaft nicht einklagen, wenn das Kind mit einem anderen Mann als Vater in einer Familie aufwächst."

Natürlich glaubte ich ihm nicht. Außerdem klang mir alles zu geschraubt und unlogisch. Ich ging sofort zum Amt für Familie und Soziales und erkundigte mich, was ich für einen Vaterschaftstest tun musste, weil mein Kind vermutlich bei einem anderen Mann aufwächst. Das bequeme Internet gab es damals noch nicht.

Die Beamtin erklärte, dass alles seine Richtigkeit hat, denn als Vater wird derjenige eingetragen, der zum Zeitpunkt der Geburt mit der Mutter des Kindes verheiratet ist.

„Sonst sucht ihr doch immer nach dem richtigen Vater, damit der lebenslang Unterhalt zahlt."

„In diesem Fall nicht."

Die Frau wandte sich ihrem Schreibtisch zu und ließ mich einfach stehen. Ich konnte nichts ausrichten und war hilflos und ohne Recht, obwohl ich vielleicht recht hatte.

Bis heute weiß ich nicht, ob Mia mein Kind ist.

**Sonja**

Auf meinem Schreibtisch liegt ein Brief. Es ist ein privater Brief für mich von einer Beate Müller. Ich kenne keine Beate Müller. Trotzdem öffne ich den Umschlag und ziehe zwei Blätter heraus. Die erste Seite ist handgeschrieben, die zweite eine gedruckte Einladung zu einem *Cousin/en-Treffen* mit einem Programm über ein ganzes Wochenende. Was gehen mich die Verwandten dieser Frau Müller an? Halb irritiert und halb neugierig überfliege ich das gedruckte Blatt und bleibe am letzten Satz hängen:

*Falls alles klappt und in diesem Jahr **Sonja** dabei ist, möchte ich, dass Ihr nur mit Euren Partnern kommt – also ausnahmsweise ohne unsere Kinder und Enkel.*

Sonja. Meint sie mich? Frau Müller glaubt, ich sei ihre Cousine. Offenbar gibt es weitere Cousins und Cousinen, die wegen mir ihre Kinder und Enkel nicht mitbringen sollen. Ich lese noch einmal von vorn.

*Wann: 6. bis 8. Mai 2022*
So bald? Das ist bereits in knapp drei Wochen.

*Wo: Hotel Steinhaus in Büdingen*

Büdingen kenne ich nicht, weshalb ich den Ort sofort google. Es ist eine Kleinstadt in Hessen, vierhundert Kilometer von Leipzig entfernt. Ich mag keine Kleinstädte, weil sie voller Hierarchien stecken, wo man sich einmischt, ausgrenzt und gleichzeitig einengt. Das gibt es nicht einmal in einem Dorf. In einem Dorf kennt zwar jeder jeden, aber man achtet seine Nachbarn und kümmert sich umeinander. Am besten lebt man in einer großen Stadt wie Leipzig, wo jeder ungestört so lebt, wie er es für richtig hält.

*Was: 18 Uhr Abendessen,*
*anschließend gemütliches Beisammensein*
*Samstag 10 Uhr Archäologisches Museum Keltenwelt am Glauberg*

Auch das google ich sofort, weil Archäologie meine Welt ist. Ob die unbekannte Beate Müller den Museumsbesuch extra für mich organisiert, weil sie weiß, dass ich Archäologe bin? Immerhin schickte sie den Brief hierher ins Museum. An einem Museum über Kelten bin ich sehr interessiert, fast noch mehr als an möglichen Verwandten.
Ich lese weiter:

Cousin/en-Treffen. Habe ich wirklich außer meinen Eltern und Mia Verwandte? Cousinen? Das würde bedeuten, meine Eltern hätten Geschwister. Aber wer? Mutti? Vater? Keiner von beiden sprach jemals über Verwandte, weshalb ich dachte, es gibt keine. Ich hielt beide für Einzelkinder. Leider kann ich meine Eltern nicht mehr fragen, ob sie Geschwister hatten und eine Beate Müller kennen.

Vater starb vor drei Jahren. Mutti hat sich nach seinem Tod wie in sich selbst zurückgezogen. Jetzt ist sie dement und lebt im Pflegeheim, obwohl sie erst sechsundsechzig Jahre alt ist.

Als ich damals die Wohnung meiner Eltern auflöste, fand ich keine Unterlagen über mögliche Geschwister. Ich fand nur das Familienstammbuch mit der Heiratsurkunde meiner Eltern und meiner Geburtsurkunde, ansonsten nur diverse Verdienstbescheide. Keinen einzigen Hinweis auf Geschwister, weder bei Mutti, noch bei Vater. Wenn es Verwandte gäbe, hätten sie den Kontakt zu ihnen gepflegt, Weihnachtskarten geschrieben, Besuche gemacht und auf jeden Fall von ihnen erzählt. Eigentlich sprachen sie nie über ihre Kindheit. Ich habe auch nie gefragt, weil es mich früher nicht interessierte und heute kann ich sie leider nicht mehr fragen. Das bedaure ich sehr.

Ich habe Mutti nur ein einziges Mal gefragt, wer die vielen unbekannten Leute auf ihrem Hochzeitsbild sind. Aber Mutti konnte sich nur an eine einzige Frau erinnern, mit der sie damals studierte. Die anderen Leute auf dem Foto kannte sie nicht. Sie waren viel älter als meine Eltern und es gab mehrere Kinder. Sind diese Kinder meine Cousins und Cousinen?

Wo ist nur das alte Bild hingekommen? Vermutlich warf ich es fort, weil ich keine einzige Person kannte.


Als Kind wünschte ich mir von ganzem Herzen eine Schwester, mit der ich spielen konnte und die heute meine engste Vertraute wäre. Wenn ich eine Schwester hätte, würden wir täglich miteinander telefonieren und uns jede Woche treffen. Auch wenn sie weit entfernt lebt.

Erik *hat* eine Schwester, zu der er leider keinen Kontakt pflegt. Er weiß nicht einmal, wo sie lebt, weshalb ich sie in all den Jahren unserer Ehe nie kennenlernte. Das verstehe ich nicht. Aber Erik sagt, ich muss das nicht verstehen, weil es *seine* Schwester ist und er nicht über sie reden will.

Auf der Einladung steht ein Spruch:
*Cousinen und Cousins sind Kindheitsfreunde,
die man nie verlieren wird.*
Ich erinnere mich an einen französischen Film,
in dem sich die ganze Familie in einem alten
Haus am Meer traf und viele Kinder miteinander spielten. Sie feierten zusammen und verbrachten gemeinsam ihren Urlaub.
Das muss ganz wunderbar sein.

*****

Ich falte den handgeschriebenen Brief ausein-
ander und lese:

*Liebe Sonja! Seit Deiner Geburt weiß ich, dass
es Dich gibt. Aber erst jetzt konnte ich Dich
finden. Beim Durchschalten durch die vielen
Fernsehprogramme blieb ich neulich wie vom
Blitz getroffen an einer Dokumentation hängen,
weil darin kurz eine junge Frau sprach, die mir
irgendwie bekannt vorkam. Sie hatte schwarze
Locken wie einige in meiner Familie und Peter,
der Bruder meiner Mutter, der vor einem halben
Jahrhundert in der DDR verschollen war. Diese
junge Frau hieß mit Vornamen Sonja wie die
Tochter meines Onkels Peter. Und nun hoffe
ich, dass Du diese Tochter bist. Das letzte*

*Lebenszeichen von Peter erhielten wir damals aus Leipzig, wo sich das Museum befindet, in dem Du arbeitest. Deshalb hoffe ich, dass Du Peters Tochter bist.*

*Ich wollte sofort im Museum anrufen, entschied mich aber für diesen Brief, um Dich nicht zu überrumpeln.*

*Weißt Du überhaupt, dass Dein Vater vier Geschwister hat?*

Nein, das weiß ich nicht. Warum hat Vater nie seine Geschwister erwähnt? Waren sie zerstritten? Es muss einen triftigen Grund dafür geben, wenn man seine Geschwister nicht sehen will. Allerdings hat auch Erik eine Schwester, zu der er keinen Kontakt pflegt. Ich verstehe das nicht und werde Mutti noch einmal fragen, ob sie sich an Vaters Familie erinnert. An Vergangenes erinnert sie sich eher als an das, was sie vor einer Stunde gemacht oder gegessen hat. Ich weiß überhaupt nichts aus der Vergangenheit meiner Eltern.

*Leider lebt nur noch seine Schwester Ursula, meine Mutter. Sie wünscht sich von Herzen, ihren kleinen Bruder endlich wiederzusehen.*

Das geht nun leider nicht mehr, weil Vater gestorben ist.

*Wenn Du die Sonja bist, die wir seit Jahren su-*

*chen,*
Natürlich bin ich diese Sonja!

*hast Du vier Cousinen und vier Cousins, die Dich alle kennenlernen wollen. Wir hoffen, dass auch Du uns sehen möchtest und würden uns alle sehr darüber freuen. Falls Du Geschwister hast, wäre es wunderbar, wenn sie und ihre Partner ebenfalls zu unserem Treffen nach Büdingen kommen.*
*Richte Deinen Eltern viele liebe Grüße aus und sage ihnen, dass sie jederzeit bei uns herzlich willkommen sind.*
*Es umarmt Dich Deine älteste Cousine*
*Beate*
Darunter ihre Adresse und Telefonnummer.

Vater hatte also vier Geschwister, von denen nur noch eine Schwester lebt. Und ich habe vier Cousins und vier Cousinen, die ich nicht kenne. Doch ich möchte sie liebend gern kennenlernen und bin jetzt schon aufgeregt, wenn ich an das Treffen denke. Auf jeden Fall fahre ich hin! Ich habe also Familie, eine große Familie und freue mich riesig darüber.
Also werde ich diese Beate anrufen, am besten sofort. Es gibt noch viel zu klären, bevor ich mir wirklich sicher sein kann, die richtige Sonja vom gesuchten Peter zu sein.

Beate schnattert freudig los, als ich mich am Telefon melde. Sie fragt, wie es mir geht und will sofort wissen, ob ich zum Treffen komme. Ich habe das Gefühl, Beate längst zu kennen. Kann man Blutsverwandtschaft spüren?

„Meine Mutter mochte deinen Vater besonders gern und hat nie verstanden, warum er sich plötzlich nicht mehr meldete."

„Mein Vater lebt nicht mehr."

Ich höre, dass Beate schneller atmet, dann flüstert sie: „Das habe ich nicht erwartet", und nach einer Pause, in der sie tief seufzt: „Das wird meine Mutter schwer treffen, obwohl sie es geahnt hat, weil er auf keinen ihrer Briefe antwortete. Sie ist nun die einzige der fünf Geschwister, die noch lebt. Alle anderen sind bereits verstorben." Wieder seufzt sie. „Aber warum hat uns Jutta nicht informiert? Wir wären auf jeden Fall zur Beerdigung gekommen."

Zu Vaters Beerdigung kamen recht viele Leute, was mich sehr überraschte, weil ich nicht wusste, dass er bei seinen Kollegen und Musikerfreunden so beliebt und geachtet war. Die Halle auf dem Südfriedhof konnte gar nicht alle Trauergäste fassen. Ich kannte keinen einzigen von ihnen, nur eine Bekannte meiner Mutter, die die Grabrede hielt. Ich mag keine Friedhöfe, aber der Südfriedhof gilt zu Recht als einer der schönsten Parkfriedhöfe in ganz Deutschland. Vaters Asche befand sich in einer schlichten schwarzen Urne mit einem silbernen Notenschlüssel darauf, was ich sehr hübsch und passend fand. Drei Bläser spielten mehrere, mir unbekannte Lieder am Grab. Das ging mir sehr nahe, obwohl ich kein Musikliebhaber bin und auch kein besonders enges Verhältnis zu Vater hatte. Ich vermisste ihn nicht, wenn er mit seinem Orchester auf Tour war. Ich vermisste ihn erst nach seinem Tod und zwar ausgesprochen schmerzlich. Mir war plötzlich klar, dass er niemals wieder hier sein wird und ich ihm nichts mehr sagen kann.

In meinem Schmerz über den Verlust sah ich plötzlich überall Zeichen, die eigentlich keine Zeichen, sondern ganz normal waren: leuchtend blaue Wolkenlücken oder eine herzförmige Wolke, einen Schmetterling oder Vogel in unmittelbarer Nähe. Ich bildete mir ein, dass mir mein verstorbener Vater diese Wolken und Schmetterlinge geschickt hat. Heute weiß ich, dass es ganz normale Natur war, auf die ich nur früher nie achtete.

„Meine Mutter? Sie wusste also von Vaters Geschwistern?"

„Ja, sie kannte uns alle, denn Peters Eltern und alle seine Geschwister reisten mit ihren Partner und Kindern in den Osten und feierten die Hochzeit deiner Eltern. Ich kann mich noch gut daran erinnern, denn ich war damals achtzehn Jahre alt, die anderen Cousins und Cousinen gerade mal acht oder zehn."

„Warum weiß ich das alles nicht?"

„Das kann ich dir nicht sagen. Vermutlich liegt es daran, dass Peter im Osten lebte und wir anderen Geschwister im Westen."

Das wäre möglich und sogar sehr wahrscheinlich. Ich weiß aus Erzählungen, dass Westkontakte von den DDR-Behörden nicht erwünscht waren. Vater wird sich an dieses Verbot gehalten haben. Solch ein Verbot ist unmenschlich, aber es ist auch unbarmherzig, dass sich Vater daran hielt. Er spielte Oboe im Leipziger Symphonieorchester mit einigen Konzerten im Ausland. Meines Wissens vor allem in Nachbarländern wie Polen, einmal sogar Sowjetunion. Offenbar waren ihm seine Auftritte im Ausland wichtiger als seine Familie. Vielleicht hätte ich in seiner Lage ebenso reagiert. So etwas weiß man erst, wenn man selbst in solch einer Lage ist.

Doch das erklärt nicht, weshalb er *mir* nichts von seinen Geschwistern erzählte. Warum hat er daheim nie über seine Familie gesprochen?

„Jutta schickte uns nach deiner Geburt ein Foto von Dir, weshalb wir wussten, dass es dich gibt. Danach gab es keinen Kontakt mehr und wir erhielten auf unsere Briefe keine Antwort."

Soll ich ihr sagen, dass meine Mutti als Pionierleiterin arbeitete? Sie war für die politische Bildung der Kinder in der Schule zuständig. Nach der Wende litt sie sehr, weil es diesen Beruf, den sie sehr liebte, nicht mehr gab. Sie durfte zwar als Unterstufenlehrer arbeiten, wurde aber viel schlechter bezahlt. Immerhin ist heute ihre Rente so hoch, dass sie für die Zuzahlung von über zweitausend Euro im Pflegeheim ausreicht. Mutti ist erst sechsundsechzig Jahre alt, aber dement und kann sich nicht mehr selbst versorgen, weshalb sie im Heim leben muss. Dort kümmert man sich liebevoll um sie und sie fühlt sich wohl.

Die Wende war für mich nicht weiter aufregend. Ich war erst vierzehn Jahre alt und hatte kein Gefühl für die Sorgen meiner Eltern. Für mich änderte sich nichts, mir ging es gut.

„Hast du Geschwister?", fragt Beate aufgeregt. „Wie viele?"

„Ich bin Einzelkind. Leider. Es ist schade, dass wir uns erst jetzt kennenlernen, aber besser spät als nie", sage ich und verspreche, am 6. Mai zum Cousin/en-Treffen zu kommen.

Erik findet es gut, dass ich meine Cousins und Cousinen kennenlernen und mehr über die Geschwister und die Vergangenheit meines Vaters erfahren möchte, will mich aber nicht nach Büdingen begleiten.

„Warum nicht?“, frage ich gekränkt.

„Es sind *deine* Verwandten.“

„Deine auch! Beate sagt, alle bringen ihre Partner mit. Ich wäre die einzige ohne Begleitung.“

„Dann bist du eben die einzige.“

„Verstehst du nicht, wie wichtig mir dieses Treffen ist? Ich brauche einen Vertrauten an meiner Seite, mit dem ich all die Dinge, die ich erfahre, besprechen kann. Vielleicht brauche ich auch Trost und Beistand.“

„Das ist allein deine Sache. Ich fahre nicht mit und damit gut. Außerdem muss ich arbeiten.“

„Am Wochenende? Das Amt ist freitags ab 11 Uhr nicht mehr besetzt.“

„Was soll das heißen?“, fragt Erik mürrisch. „Unterstellst du mir, dass ich lüge?“

„Aber nein! Ich habe nur nachgedacht.“

„Das ist deine schlimmste Angewohnheit.“

Was meint er damit? Dass ich überlege, welche Problemlösung die richtige ist? Nach dem passenden Argument suche? Informationen aufnehme?

„Jeder Mensch denkt“, sage ich leise. „Dialog

ist der beste Weg der Bildung."
Doch Erik winkt nur ab. Er lässt sich nicht um-
stimmen.

*****

Ich kaufe mir ein modernes Smartphone, obwohl ich es nicht wirklich brauche. Ein Handy
ist nur wichtig für den Notfall, falls unterwegs
etwas schief geht, das Auto streikt oder ich
einen Arzt rufen muss. Ich will damit nicht fotografieren oder im Internet herumsuchen oder es
als Landkarte missbrauchen. Erik sieht das
anders, aber er braucht es beruflich, wenn er
auf Baustellen unterwegs ist. Mia macht mich
verrückt, wenn sie aller Augenblicke auf ihr
Handy schaut, ob eine Kurznachricht oder ein
Foto gekommen ist. Sie telefoniert nicht, sie
verschickt seltsame Kürzel, die außer ihr wohl
nur ihre Freundin versteht. Wenn ich manchmal
durchs Museum gehe, sehe ich die Kinder mit
ihren Handys in der Hand, sie fotografieren sich
vor den Exponaten und zeigen sich gegenseitig
ihre Bildchen. Am meisten sind das Walross
und natürlich die Dinosaurier umlagert, auch
die riesige Spinne über dem Haupteingang.
Ich dachte immer, solch ein Smartphone sei nur
für ganz Blöde. Und nun bin ich selbst so eine
Blöde. Man braucht kein Notizbuch mehr und

keinen Kalender, alles funktioniert elektronisch. Unglaublich spannend finde ich die Funktion als Lexikon. Ich spreche eine Frage hinein und erhalte sofort eine Antwort, gleichgültig, worum es geht. Ich kann auch die Kamera auf einen Stein richten und erfahre sofort, wie der Stein heißt und wo ich ihn zu welchem Preis kaufen kann. Wirklich unglaublich! Ich kann Sprachnachrichten verschicken. Das heißt, der Angerufene muss das Gespräch nicht sofort annehmen, sondern kann den Text hören oder lesen, wenn er Lust und Zeit dazu hat. Das gefällt mir gut, weil ein Anruf fast ebenso stört wie ein überraschender Besuch.

Erik schaltet mit seinem Handy sogar Lampen ein oder aus, regelt die Heizung und liest den Stromverbrauch ab. Er hat Freude an der Technik, die ich nicht wirklich brauche.


**Beate**


„Ich hole jetzt Emma aus dem Kindergarten", sage ich zu Mutter und hoffe, dass sie inzwischen nach Hause geht.

Doch das tut sie selten, denn sie ist ganz vernarrt in Emma und freut sich jeden Tag darauf, sie zu sehen und mit ihr zu spielen. Mutter ist schon sechsundachtzig Jahre alt und noch erstaunlich fit. Sie hat zwar erhöhten Blutdruck, doch ihr Arzt meint, ein Wert von 145 sei ganz normal in ihrem Alter. Als der Arzt im Urlaub war, suchte Mutter eine Vertretung auf, die ihr sofort blutsenkende Mittel verordnete.

„Was soll das bringen?", fragte ihr Hausarzt. „Es ist albern, im Alter auf dies und jenes zu verzichten. Genießen Sie alles ganz bewusst, wozu Sie Lust haben und sich in der Lage fühlen."

„Der Arzt hat recht", bestätige ich und werfe die vielen Tabletten in den Müll. „Ab jetzt machst du nur noch das, was dir wirklich Freude bereitet."

Seitdem kocht Mutter nicht mehr und isst mittags bei mir. Das ist für mich kein Aufwand, weil ich täglich für meinen Mann und seinen Mitarbeiter koche.

Klaus betreibt eine kleine Tischlerei und fertigt zumeist Türen, aber auch Möbel. Ich erledige seine Buchhaltung. Dabei gibt es nicht allzu viel zu tun, weil alle Arbeiten Einzelanfertigungen sind und es ausreicht, die wenigen Rechnungen einmal pro Woche zu schreiben. Holzlieferungen kommen noch viel seltener.

Trotzdem muss ich meinen Tag straff einteilen, denn ich habe noch zwei große Hunde. Einen Labrador und seit einem Jahr noch einen Collie. Den Collie betreute ich anfangs nur tagsüber, nun lebt er ganz bei uns.

Als ich mit Emma zurückkomme, sitzt Mutter noch immer in meiner Stube.

„Oma!", jubelt die Kleine. „Spielst du mit mir?"

Darauf hat Mutter nur gewartet. Im Grunde ist es gut, wenn sie sich mit dem Kind beschäftigt. Emma ist nicht mein Enkelkind, sondern das meiner Schwester. Ich habe keine Kinder und demzufolge auch keine Enkel. Aber ich betreue jeden Tag Sabines Enkel Emma und Lina. Lina geht schon zur Schule und wird ebenfalls bald hier sein. Meist helfe ich ihr bei den Hausaufgaben.

Sabine und unsere Mutter sind wie Hund und Katze und gehen sich aus dem Weg. Sie sehen sich nur selten, denn Sabine wohnt am Stadtrand bei ihren Schwiegereltern, unsere Mutter nebenan im Anbau. Sabine hält Mutter für kompliziert. Dabei ist sie keineswegs kompliziert, sie hat nur einfach zu viel erlebt, um *einfach* zu sein.

Wegen meiner zwei großen Hunde besucht Sabine ihre Enkeltöchter nie. Sie fürchtet sich vor Hunden und läuft schon vor einem Dackel schreiend davon. Die Hunde spüren Sabines Angst und machen einen Bogen um sie. Wegsperren möchte ich die Tiere nicht, weil sie niemanden bedrohen. Ich halte Sabines Angst für eine Ausrede, denn sie sieht auch die anderen zwei Enkel nicht, die Söhne ihres Sohnes Lukas, obwohl in deren Haushalt keine Hunde leben. Die Jungs sind oft bei mir, vor allem, wenn wir am Wochenende einen Zoo besuchen oder einen der vielen Freizeitparks in der Umgebung oder das Büdinger Freibad.

Ich habe die Jungs gern bei mir und Lukas ist froh, wenn sie aus dem Haus sind. Sie lärmen den ganzen Tag, streiten sich um ihr Spielzeug und gehen mir furchtbar auf die Nerven. Lukas behauptet, die Jungs hätten eine Krankheit, die Aufmerksamkeitsstörung heißt. Ich glaube das nicht. Sie hocken daheim zu viel vor dem Fernseher bzw. an Computerspielen. Das macht nervös. Sie sollten draußen umher rennen, auf Bäume klettern und Rad fahren, sich austoben. Dann sind sie am Abend müde und nicht mehr so aufgedreht. Wenn ich mit ihnen unterwegs bin, verhalten sie sich vollkommen normal, springen umher und finden alles interessant.

Meine Arbeit im Büro erledige ich spät am Abend, wenn die Mädchen daheim bei ihrer Mutter sind. Sie wohnen im Nachbarhaus, das früher meinen Schwiegereltern gehörte. Klaus hat es nach ihrem Tod saniert und modernisiert, damit Sabines Sohn Jan mit seiner Familie dort einziehen konnte. Jan wohnte nicht lange hier, er verliebte sich kurz nach Emmas Geburt in eine andere Frau, mit der er nun andere Kinder hat.

Ich hatte schon früher die Mädchen täglich bei mir, doch seit ihre Mutter alleinerziehend ist, betreue ich die Kinder nahezu allein. Natürlich ist das Arbeit und Verantwortung, doch für mich überwiegt die Freude. Ich mag Kinder gern und die Enkel meiner Schwester ganz besonders.

Deshalb habe ich am Wochenende meist auch die beiden Söhne von Sabines zweitem Sohn. Aber an diesem Wochenende habe ich wegen des Cousinentreffens keine Zeit für sie, was ihnen ganz und gar nicht gefällt.

„Wir wollen mit!", betteln sie.

„Das geht nicht."

„Warum?"

„Weil sich dieses Mal nur Erwachsene treffen."

„Früher durften wir aber mit", beschwert sich Lina.

Damit hat sie Recht. Zu sämtlichen Familientreffen brachten alle ihre Partner, Kinder und seit einigen Jahren auch die Enkel mit. Doch dieses Mal lernen wir Sonja kennen und wollen sie mit so einer großen Familie nicht überfordern.

„Heute ist nicht früher und heute bleibt ihr bei eurer Mama."

Kinder brauchen klare Ansagen, zu viele Erklärungen irritieren sie nur und sie quengeln. Ich

habe die Kinder gern dabei, doch dieses Mal
möchte ich mich ungestört mit Sonja und den
anderen unterhalten, ohne auf kleine Kinder
aufpassen zu müssen.
Die junge Mutter arbeitet viel und geht am Wochenende gern aus. An diesem Wochenende
hat sie versprochen, nicht auszugehen, weil ich
zum Cousinentreffen gehe und für die Mädchen
keine Zeit habe.

Sabine und ich haben noch einen Bruder. Dieter wohnt in Frankfurt, keine Stunde von hier
entfernt. Er hat zwei Töchter, die ich leider nicht
kenne, weil seine Frau keinen Kontakt zu seiner Familie wollte. Doch seit etwa zehn Jahren
sind sie geschieden und Dieter kommt mit
seiner neuen Freundin zum Treffen. Sie ist fünfundzwanzig Jahre jünger als er, so alt wie seine
Töchter.
Das wird nicht ewig gut gehen. Alle Kollegen
und Freunde, die irgendwann aus Ehe und
Beruf ausstiegen, eine jüngere Frau und einen
besseren Job fanden, waren nach ein paar
Jahren wieder da, wo sie im alten Leben waren,
im Streit mit der Frau und Ärger bei der Arbeit.

## Sonja in Büdingen

Eigentlich wollte ich vor dem Treffen noch zum Friseur und zur Kosmetik, aber die Zeit war zu knapp. Frisch frisiert sieht man ohnehin künstlich aus und die Kosmetikerin hat ausgerechnet jetzt Urlaub. Ich lasse meine Gesichtshaut aller acht Wochen pflegen, obwohl ich die fremden Hände in meinem Gesicht nicht ertrage und schon gar nicht das Getätschel und Geklopfe. Aber meine Haut sieht danach tagelang ganz wunderbar aus, glatt und gesund. Mein Gesicht wirkt frischer, direkt jünger. Ich bin nicht eitel und auch nicht direkt hübsch, weil meine sehr weiße Haut einen krassen Gegensatz zu meinen schwarzen Locken bildet. Deshalb muss ich beim Schminken aufpassen, nur die Augen betonen und ein wenig Glanz auf die Lippen mit einem rosa Fettstift bringen.

Mein Navi warnt mich vor acht großen Baustellen auf der A4 ab Eisenach, die ich umgehen kann, wenn ich ab Erfurt auf die A71 ausweiche. Das letzte Stück ist Landstraße. Ich folge dem Rat meines Navis und bin von der hügeligen Landschaft ganz begeistert. Leipzig und seine Umgebung ist flach, was ich normalerweise mag. Hohe Berge flößen mir Furcht ein, aber diese Hügel sind angenehm fürs Auge und lassen mich an Urlaub denken. Doch wohnen möchte ich in dieser idyllischen Einöde nicht.

Auf jeden Fall fährt es sich ganz wunderbar zwischen den bewaldeten Hügeln. Leider sagt mir mein Navi nicht, welches Gebirge ich durchfahre und mir wird bewusst, wie wenig ich mich in meinem Land auskenne. Ich vermute, dass ich nicht mehr in Thüringen, sondern bereits in Hessen bin, vielleicht in der Rhön oder im Spessart. Wenn ich wieder daheim bin, werde ich die Strecke googeln.

Nach fast fünf Stunden fahre ich auf einen dicken roten Turm zu, über eine Brücke und bin endlich in Büdingen. Das Hotel ist noch geschlossen. Also lasse ich das Auto stehen, bummle durch die kleine Stadt und den wunderschönen Schlosspark. Ich betrachte aufmerksam die Leute, die auf den Bänken sitzen. Vielleicht ist einer von ihnen mit mir verwandt? Würde ich einen Cousin oder eine Cousine erkennen, vielleicht jemanden, der so schwarze Locken hat wie ich? Oder würde ich achtlos an ihnen vorüber gehen? Beate hat kein Foto beigelegt, aber Papierabzüge lässt man heutzutage kaum noch fertigen. Ich muss mich also wohl oder übel bis 18 Uhr gedulden.

Auf den Bänken und im Gras sitzen viele Leute

und sonnen sich. Ich mag die Sonne. Aber ich sonne mich nicht, weil sie der Haut nicht gut tut. Man sieht braungebrannt irgendwie vertrocknet aus. Zumindest als Frau. Männer nicht. Das Verbrannte gibt ihnen etwas besonders Männliches, wie ein Landarbeiter oder jemand vom Bau.

In einem Schaufenster fällt mir eine blaue Tasche auf. Die meisten Taschen sind braun oder schwarz, was ich beides nicht mag. Modefarben in diesem Jahr sind Gelb, Rot, Lila und Rosa, doch meine Lieblingsfarbe ist blau und im Moment schwer zu bekommen. Ich betrete das Geschäft und lasse mir die Tasche aus dem Schaufenster holen. Sie ist kleiner als meine Handtasche, hat aber mehrere Innenfächer für Handy, Kosmetik, allerlei Kram und eine Reißverschlusstasche für den Geldbeutel; genau richtig für mich.
Da sie 43,99 € kostet, zücke ich einen Fünfzig-Euro-Schein und reiche ihn der Verkäuferin.
Sie lächelt und sagt: „Geben Sie mir bitte zwei Zwanziger.“
Ich schaue in meinen Geldbeutel, nehme zwei Zwanziger heraus und reiche sie ihr.
„Und noch vier Euro.“
„Wie bitte?“, frage ich irritiert.
Ich glaubte, die vier Euro wären eine Art Ra-

batt.

„43 Euro 99", wiederholt sie.

„Ach, Sie können nicht auf fünfzig Euro herausgeben?"

„Das kann ich sehr wohl, doch ich nehme keinen Fünfzigeuroschein."

Warum? Wenn ich einen Kaugummi oder eine kleine Schlüsseltasche mit einem Fünfzigeuroschein bezahlen wollte, hätte ich selbstverständlich mit einem kleineren Schein bezahlt. Aber bei einem Preis von vierundvierzig Euro müsste sie mir nur sechs Euro herausgeben, den Cent hätte ich ihr erlassen. Kurz entschlossen nehme ich ihr meine zwei Zwanziger aus der Hand, stecke das Geld wieder ein, verzichte auf die schöne grüne Tasche und verlasse den Laden. Wo bin ich hier nur hingeraten?

Für ein Mittagessen ist es inzwischen zu spät, aber ich finde ein nettes Eiscafé, wo ich draußen sitzen kann. Der Cappuccino schmeckt hervorragend, auch das Eis. Gestört hat mich nur, dass die Bedienung ihr Gesicht hinter einer Schutzmaske versteckt. Die trägt in Leipzig schon lange keiner mehr. Kellner sollten ihre Gäste freundlich anlächeln und dies nicht verbergen. Außerdem ist die Maske nicht gesund. Ich habe gelesen, dass es in China und Japan erheblich mehr Lungenkranke gibt als anderswo, weil sie sich seit Jahren in den Großstädten mit Masken vor Abgasen und Industrieschmutz schützen. Aber sie bedenken nicht, dass sich hinter der Maske Kohlendioxid bildet, was zwar nicht giftig ist, aber zu viel $CO_2$ in der Atemluft macht müde und verursacht Kopfschmerzen.

*****

Am Nachbartisch sitzen vier ältere Leute, die eine Art Plattdeutsch sprechen, was recht nett in meinen Ohren klingt. Ohne, dass ich es will, höre ich oft den Namen Beate, auch ein Cousinentreffen wird erwähnt. Das kann kein Zufall sein! Diese vier Leute, die ich gar nicht kenne, wollen ganz sicher zum gleichen Familientreffen wie ich. Einer der Männer hat trotz seines Alters – ich schätze ihn auf Anfang Sechzig - schwarze Locken wie ich, der andere Mann hat weißes Haar und die Frauen sind blond.
„Sie entschuldigen!", spreche ich sie an. „Mein Name ist Sonja. Sie sprachen von einem Familientreffen mit einer Beate." Ich räuspere mich.
„Ich wurde von Frau Beate Müller zu einem Cousinentreffen eingeladen. Kann es sein ..."
Irgendwie fühle ich mich dumm, weil sich die vier Leute nur wortlos anschauen statt zu antworten. Aber nun ist es raus.
„Tut mir leid", stammle ich und winke der Bedie-

nung.

Ich muss weg hier. Sofort!

Eine der Frauen steht auf und fragt leise:„Sonja? Unsere gefundene Cousine Sonja?"

Ich nicke und fühle plötzlich, wie meine Augen brennen. Muss ich etwa heulen? Das passt gar nicht zu mir.

Die Frau umarmt mich stürmisch und ruft immer wieder: „Sonja! Ich fasse es nicht!"

„Setz dich zu uns!", bestimmt die andere Frau.

Der Weißhaarige holt einen Stuhl an den Tisch und zeigt mit der Hand, dass ich mich darauf setzen soll.

„Ich bin Beeke, deine jüngste Cousine. Aber jetzt bist du die jüngste." Sie zwinkert mir zu. „Wir sind schon alle ganz gespannt auf dich und freuen uns, dich endlich kennenzulernen."

Beeke. Solch einen Namen hörte ich noch nie. Heute gibt es die seltsamsten Namen wie Kaia oder Aurelia, doch Beeke ist nicht mehr so jung, als dass ein Modename zu ihr passt. Ich schätze sie wie die anderen drei auf etwa sechzig Jahre.

„Und das ist mein Bruder Hauke, dein Cousin."

Beeke zeigt auf den Mann mit den schwarzen Locken.

Hauke. Noch so ein ungewöhnlicher Name, der für mein Gefühl eher zu einer Frau passt als zu einem Mann. Beeke und Hauke, das klingt wie

eine fremdländische Melodie, aber irgendwie
hübsch.

Beeke zeigt auf den grauhaarigen Mann.

„Das ist mein Mann Christer", und dann auf die
andere Frau, „Haukes Frau heißt Astrid."

„Wir freuen uns riesig auf das Familientreffen,
denn während der letzten zwei Jahre fand keins
statt."

Ich vermute, sie meint, dass während der Corona-Pandemie keine Besuche möglich waren,
aber ich frage nicht nach.

„Normalerweise schleppen wir unsere Kinder
und Enkel mit zum Familienfest, doch in diesem
Jahr sollten wir nur unsere Partner mitbringen."

„Das wäre zu viel für dich geworden, denn wir
sind eine große Familie."

„Stimmt! Wir hätten einen Bus für die Reise gebraucht", erklärt Astrid, „denn wir haben drei
Kinder, dazu deren Partner und fünf Enkel."

„Genau wie wir", ergänzt Beeke.

Insgeheim zähle ich zusammen und komme auf
sechsundzwanzig Personen. Du lieber Himmel!
Ich habe keine Geschwister und nur eine Tochter, die noch kein Kind hat, nicht einmal einen
festen Freund.

„Meine Tochter heißt Mia. Sie ist fünfundzwanzig Jahre alt." Ich hebe die Arme und sage lachend: „Meine gesamte Familie besteht nur aus
meiner Mutti, meinem Mann Erik und unserer

Tochter.“

Plötzlich packt mich tiefe Trauer, Trauer um etwas, das ich nie hatte: Geschwister und Cousinen, Tanten und Onkel, nicht einmal Großeltern. Die Flensburger Hauke und Beeke haben jeweils drei Kinder, die bestimmt oft zusammen spielten. Und jetzt hat jeder fünf Enkel, die sich besuchen, vielleicht auch streiten. Ich hatte niemanden zum Streiten. Das ist traurig.

„Mia ist ein hübscher Name. Bei uns im Norden würde man sie Miechen rufen.“

Im Norden. Das dachte ich mir, weil sie sich auf Platt unterhalten.

„Beate hat uns bereits informiert, dass dein Vater nicht mehr lebt.“

„Schade. Wir hätten ihn gern kennengelernt.“

„Was ist denn passiert? Er war doch noch gar nicht so alt.“

„Achtundsechzig.“

Ich spüre einen Kloß im Hals. Und als mir Astrid mitfühlend ihre Hand auf den Arm legt, konnte ich nur mit Mühe die Tränen zurückhalten.

„Herzinfarkt“, stammle ich mühsam. „Ganz unerwartet vor drei Jahren.“

„Unsere Mutter feierte ihren Achtzigsten mit einem riesigen Fest, bevor sie starb. Naja, wir müssen alle sterben“, seufzt Beeke und wirft ihrem Bruder einen seltsam gequälten Blick zu.

Hauke schaut weg und ich habe den Eindruck,

dass er verlegen und gleichzeitig missmutig wirkt.

Natürlich müssen wir alle sterben, doch nicht so früh wie Vater.

Astrid zückt ihr Handy und ich weiß sofort, was jetzt kommt. Sie will mir Fotos von ihren Kindern und den ach-so-süßen Enkelchen zeigen. Ich hasse so etwas. Man kennt die Babys gar nicht, die sich sowieso wie ein Ei dem anderen gleichen, und soll sie niedlich und süß finden.

„Schau!", fordert sie mich auf. „Das sind unsere Jungs Malte, und die Zwillinge Jonte und Bente. Die Aufnahme ist allerdings schon sieben Jahre alt."

Seltsam, dass Astrid kein aktuelles Foto hat, doch vielleicht sehen sie ihre Söhne selten zur gleichen Zeit. Aber was sind das für ungewöhnliche Namen? Malte, Bente und Jonte.

„Und das sind unsere allerliebsten Enkel." Wieder hält sie mir ihr Handy hin und wischt darauf herum. „Vier Jungs und ein Mädchen. Die kleine Jördis ist natürlich das niedliche Püppchen zwischen all den Jungs und wird entsprechend verwöhnt."

Beeke lacht, aber sie zückt kein Handy.

„Und ich habe nur Mädchen. Iben, Imme und Ida. Ida hat vier Mädchen und Imme endlich einen Sohn. Lasse ist natürlich Hahn im Korb."

Alle drei Mädchennamen beginnen mit einem I.

Ida war schon im Mittelalter ein beliebter Name und ist seit etwa zehn Jahren wieder modern. Aber Imke und … wie hieß die andere Tochter? … hörte ich bisher noch nie.

„Was ist?", fragt Beeke, als sie meine nachdenkliche Miene bemerkt.

Ich lächle verlegen und gestehe, dass mich die vielen seltsamen Namen irritieren. Ich kann mir keine Namen merken, das konnte ich noch nie. Derart ungewöhnlich Namen schon gar nicht.

„Bitte wiederhole sie noch einmal ganz langsam, damit ich sie mir aufschreiben kann."

„Warum willst du dir die Namen aufschreiben?"

„Sie klingen fremd in meinen Ohren. Ich glaube, die gibt es in Leipzig nicht."

Ich krame in meiner Tasche nach einem Stift, finde aber keinen Zettel. Nur die Einladung, auf der ich die Namen notieren kann.

„Ida habe ich mir gemerkt. Dann Imke?"

Alle lachen.

„Imme!"

„Imme", wiederhole ich, „hat also nichts mit dem Imker zu tun."

„Doch! Imme bedeutet Biene."

Beeke buchstabiert die Namen der drei Mädchen Ida, Imme und Iben, dann die der Jungs Malte, Bente und Jonte, zum Schluss alle zehn Enkel. Hinter jeden Namen setze ich ein kleines w oder m, damit ich die Geschlechter nicht verwechsle, worüber sich wieder alle köstlich amüsieren. Wenn das heute Abend so weitergeht, bin ich nach wenigen Minuten ganz wirr im Kopf. Merken kann ich mir diese seltsamen Namen sowieso nicht.

Hauke hat also drei Söhne, vier Enkelsöhne und eine Enkeltochter. Bei Beeke ist es genau umgekehrt: Sie hat drei Töchter, vier Enkeltöchter und einen Enkelsohn. Das finde ich lustig.

„Verstehen sich eure vielen Kinder gut?"

„Ja, unsere Kinder wuchsen zusammen auf. Sie sind fast gleichalt. Auch die Enkel sind alle gleichalt, die zwei ältesten acht, die beiden jüngsten knapp zwei, weshalb sie wunderbar miteinander spielen."

„Auf meine Mädchen trifft das zu, aber nicht auf eure Jungs. Die prügeln sich", kritisiert Beeke.

„Das machen Jungs immer. Es ist normal, dass sie rivalisieren", erklärt Hauke.

Ist das wirklich so? Darüber habe ich mir nie Gedanken gemacht, da ich keine Geschwister hatte und auch Mia Einzelkind ist. Erik wollte keine Kinder. Er sagte, Mia als seine Tochter genügt ihm vollkommen. Außerdem könnte es schwierig werden, wenn das zweite Kind von einem anderen Vater ist. Auch darüber dachte ich nie nach und es spielte zum Glück nie eine Rolle.

„Wir wohnen alle in Flensburg", erklärt Beeke, „und sind schon seit gestern hier, weil Flensburg fast siebenhundert Kilometer von Büdingen entfernt ist. Da wären wir heute Abend platt gewesen."

„Ihr seid zusammen gefahren?"

Beeke nickt. Dann lacht sie.

„Und zwar mit unserem neuen Auto." Wieder lacht sie. „Das war ein echtes Problem."

Alle kichern, aber ich weiß nicht, warum. Ich weiß nur, dass man ein neues Auto erst etwas langsamer einfahren muss. Die siebenhundert Kilometer von Flensburg bis Büdingen scheinen mir dafür ideal.

„Wir kamen mit der irrsinnig komplizierten Elektronik nicht zurecht und saßen jeden Abend mit der Bedienungsanleitung ..."

„Wobei wir die gedruckte Variante kaufen mussten!", unterbricht Christer. „Die kostete schlappe 24,40€!"

Empört schüttelt er den Kopf. Dann lässt er seine Frau weitererzählen.

„Wir setzten uns jeden Abend mit diesem entsetzlich dicken Wälzer in unser neues Auto, damit wir die vielen Menüs und Untermenüs auf dem Cockpit verstehen."

„Früher hieß das Armaturenbrett", wirft Hauke ein. „Heute kann von einem Brett keine Rede mehr sein.

„Es ist schon kompliziert, das Radio einzuschalten oder den Sender zu wechseln. Von der Klimaanlage ganz zu schweigen! Dafür wedeln die Scheibenwischer von ganz allein." Beeke schwenkt ihre Arme hin und her, als wären sie Scheibenwischer. „Es blinkt und piepst überall. Das macht mich ganz verrückt", ruft sie verzweifelt aus und greift sich mit beiden Händen theatralisch an den Kopf. „Da gibt es riesige Touchscreens und mehr als hundert Knöpfe rund um den Fahrersitz. Wie soll man sich da zurechtfinden?"

„Ich finde die moderne Technik geil. Man muss mit der Zeit gehen", erklärt Hauke.

„Warum?", empört sich Beeke. „Ich will nur von hier nach da fahren und erschrecke jedes Mal, wenn plötzlich irgendwelche Lämpchen aufleuchten. Damals in der Fahrschule lernten wir: Beide Hände am Lenkrad und Augen auf die Straße. Ich muss wissen, wo ich Gas geben, schalten und bremsen muss. Mehr nicht. Wenn ich während der Fahrt auf die Elektronik schauen muss, baue ich garantiert einen Unfall."

Hauke lacht.

„Aber nein! Die Elektronik ist für mehr Fahrspaß da."

Beeke wendet sich geziert zur Seite und schüttelt den Kopf.

„Das neue Auto kann alles, sogar allein einparken, damit man sich nicht mehr den Rücken verrenken muss. Die Scheinwerfer gehen bei Dunkelheit von selbst an, es gongt, wenn ich über die Mittellinie fahre. Es kann sogar mit dir reden."

Astrid winkt ab. Sie mag keine Elektronik.

„Nur eine Sitzheizung fehlt", bemängelt Christer.

„Wozu brauchst du einen warmen Hintern beim Fahren?"

Alle lachen. Ich auch, als ich mir vorstelle, wie Beeke und Christer jeden Abend mit der Bedienungsanleitung auf dem Schoß in ihrem neuen Auto sitzen und versuchen, die komplizierte Technik zu verstehen.


„Hast du schon eingecheckt?", fragt Beeke.

„Nein, das Hotel war noch geschlossen."

„Die Zimmer sind hübsch."

„Aber das Essen ist scheußlich!", ruft Christer aus.

„Nein, es schmeckt, aber es gibt kein einziges Fleischgericht, alles ist streng vegan."

„Ich weiß nicht, was sich Beate dabei gedacht hat, uns in einem veganen Hotel unterzubringen. Da bekomme ich nicht einmal mein Frühstücksei."

Ausschließlich veganes Essen in einem Lokal halte ich für äußerst ungewöhnlich. Vielen Gäs-

ten mag das gefallen, aber noch mehr werden
vom veganen Angebot nicht begeistert sein und
das Lokal meiden.

„Die Männer brauchen ihr Schnitzel."

„Na und? Ich darf ja wohl essen, was ich mag",
empört sich Christer. „Ich muss es schließlich
auch bezahlen und lasse mir nicht vorschrei-
ben, was gesund ist und was ich zu meiden
habe. Zuerst soll ich auf Fleisch verzichten und
auf Zucker, auf Alkohol sowieso. Am Ende sogar fasten. Ohne mich!"

„Diese ganzen Vorschriften verderben nur den
Appetit", bestätigt Hauke. „Ich habe das angeb-
liche Schnitzel auch nicht angerührt."

„Die Männer sind einfach gegangen und haben
sich einen Döner geholt."

Wieder lachen alle.

„Das wird noch was geben, wenn heute Abend
jemand ein Schnitzel bestellt und stattdessen
eine Tofuplatte bekommt und dazu Hummus."

„Humus?", frage ich ungläubig.

„Hummus, das ist ein Brei aus Erbsen", erklärt
Beeke. „Mein Teller sah besonders lustig aus:
Auf einem erdbraunen Mus standen hoch auf-
gerichtet drei kleine Pellkartoffeln, vier Möhren
mit Kraut und einige Champignons, dazwischen
Petersilie – genau wie auf einem Gemüsebeet."

Ich mag es, wenn die Speisen hübsch auf dem
Teller angerichtet sind wie kleine Kunstwerke.

Ein riesiges Schnitzel, daneben Kartoffeln und Leipziger Allerlei wäre mir zu schlicht, zu derb. Daheim betreibe ich keinen Aufwand in der Küche, zumal ich ohnehin kaum koche. Am Abend essen wir Brot und am Wochenende bin ich sowieso allein. Da lohnt sich der ganze Eifer nicht.

Beeke ist eine faszinierende und gleichzeitig seltsame Frau. Entweder, sie kreischt theatralisch oder flüstert hinter vorgehaltener Hand, als teile sie ein Geheimnis mit. Beim Reden fuchtelt sie mit ihren Händen und Armen durch die Luft, dass ich fürchte, sie wirft alles um, was auf dem Tisch steht. Zu all dem macht sie ein Gesicht, als würde sie hoch oben auf einem weißen Pferd sitzen.

*****

„Ich freue mich ganz besonders auf Dieter, den ich schon jahrelang nicht mehr gesehen habe."
Alle stimmen Beeke zu und sie ergänzt: „Das lag an seiner geistlosen Ex."
„Du kennst sie doch gar nicht", korrigiert Hauke.
„Eben drum. Sie war sich zu fein für unsere Familie."
„Zu fein? Wie meinst du das?", frage ich.
„Sie hält sich für etwas Besseres. Ursula ..."

„Wer ist Ursula?"
„So heißt Dieters Mutter."
„Ursula ist auch die Mutter von Beate und Sabine."
„Ursula war tief gekränkt, weil sie nicht  einmal zu Dieters Hochzeit eingeladen wurde."

Meine Hochzeit haben meine Eltern ausgerichttet. Fünfundzwanzig Jahre ist das jetzt her. Wir hatten keine große Feier, saßen nach der Trauzeremonie im Rathaus mit meinen und Eriks Eltern bei einem mehrgängigen Festmenü. Erik lud seine Schwester aus mit der Begründung, dass ich auch keine Schwester habe. Das verstand ich nie, zumal ich seine Schwester sehr gern kennengelernt hätte.

„Die ganzen Jahre, in denen Dieter mit dieser Frau zusammen war, ließ er sich bei keinem einzigen Familientreffen blicken, nicht einmal zu Weihnachten."
„Ich begreife bis heute nicht, warum er nicht einfach allein seine Mutter und Schwestern besuchte. Er wohnt in Frankfurt, das ist nur eine Stunde von Büdingen entfernt. Seine beiden Töchter hat bis heute keiner je gesehen."
„Dabei sind sie im gleichen Alter wie Sabines Söhne."
„Ursula hat sich sehr gegrämt, weil sie Dieters

Töchter nie kennenlernte, nicht einmal ein Foto hat sie von den beiden."

Beeke erklärt, dass Ursula die Mutter von Beate, Sabine und Dieter ist und in einem Anbau neben Beates Haus lebt. Beate versorgt nicht nur ihre Mutter, sondern auch Sabines Enkel.

„Hunde hat sie auch", ergänzt jemand.

„Auf jeden Fall bringt Dieter seine neue Freundin mit. Sie soll im gleichen Alter wie seine Töchter sein", weiß Beeke.

Noch irritieren mich die vielen Namen, doch so langsam verstehe ich einige Zusammenhänge. Die Mutter von Beeke und Hauke ist eine von Vaters Schwestern, eine andere Schwester heißt Ursula und hat drei Kinder: Beate, Sabine und Dieter. Nun bin ich sehr gespannt auf die anderen Cousins und Cousinen.

Beeke ist eine ungewöhnliche Frau. Schon mit ihrer bunten Kleidung fällt sie auf. Ihr dunkelrotes Kleid ist von silbernen und grünen Ornamenten durchzogen, um den Kopf trägt sie ein grün glänzendes Tuch und lose um die Schultern eine weiße Strickjacke. Ihre Haare sind zu einem kleinen Dutt hochgesteckt, wie ihn zur Zeit einige junge Männer tragen, umwickelt mit einem schwarzen Samtband. Im ersten Moment wirkt sie affektiert und hochnäsig, doch gleichzeitig fast kindisch, weil sie ständig wiehernd kichert, auch beim Sprechen, so dass ich ihre Worte oft nicht verstehe. Außerdem betont sie immer die erste Silbe, was recht seltsam klingt. Ihre Sprachmelodie besteht aus mehreren Wellen mit merkwürdigen Stopps dazwischen, weshalb ich mich sehr auf ihre Worte konzentrieren muss. Sie lässt auf ihre Schultern hängen, was irgendwie hilflos und traurig wirkt, so dass ich ihr beistehen möchte. Beim Reden sprechen ihre Hände mit, doch sie betonen die Worte nicht, sondern zerschneiden sie, indem sie wie unkontrolliert hin und her wedeln. Das irritiert mich. Beeke fällt auf. Mir ist sie sympathisch trotz oder wegen ihrer Eigenarten.

*****

„Vera kommt wieder nicht", berichtet Beeke enttäuscht und erklärt zu mir gewandt: „Sie wohnt in Kanada in der Nähe von Toronto. So ein Flug kostet ein Vermögen."
„Ach was! Kaum mehr als 500 Euro. Sie lebt allein und wird von ihren beiden Kindern unterstützt. Einmal im Jahr muss solch ein Flug drin sein."
„Sie sagt, wir besuchen sie schließlich auch nicht."
„Ich war schon dort", widerspricht Hauke. „Aber wir sind sechs Leute bzw. sieben mit Sonja, al-

71

so vierzehn mit unseren Partnern. Vera dagegen ist allein. Außerdem ist *sie von uns* weggegangen, also muss *sie* zu uns kommen und nicht wir alle zu ihr reisen."

So betrachtet hat Hauke natürlich Recht.

„Kanada", seufze ich, „ein wahres Traumland."

„Für Naturburschen wie meinen Mann wäre das was", sagt Beeke und stupst mit dem Ellenbogen gegen Christers Arm. „Aber für mich taugt das Leben in diesem Land nichts."

„Warum?", wundere ich mich.

„Die sozialen Missstände gefallen mir nicht. Vera bekommt nur zehn Urlaubstage pro Jahr, ich habe dreißig. Sie muss ihren Zahnarzt selbst bezahlen, was bei mir komplett meine Krankenkasse übernimmt."

„Gibt es dort keine Krankenversicherung?", erkundige ich mich.

„Schon, aber nicht in jeder Provinz und auch nicht für jeden. Grundsätzlich sind medizinische Behandlungen ausgesprochen teuer."

„Dort ist alles teuer, vor allem Milchprodukte", ergänzt Hauke.

Das wusste ich nicht. Im Land der Cowboys gibt es viele Rinder. Aber vielleicht nur für Fleisch und nicht für Milch und Käse. Ich stelle mir Kanada als *das* Land der unbegrenzten Möglichkeiten vor, das typische Einwanderungsland, wohin die meisten Menschen gern auswandern würden. Aber Hauke erklärt, dass die Kanadier nicht jeden in ihr Land lassen. Wer nur Urlaub machen oder Verwandte besuchen will, muss sich elektronisch anmelden. Das ist meist unkompliziert. Will man allerdings in Kanada arbeiten oder länger als sechs Monate bleiben, braucht man ein Visum und trotzdem eine Rücklage von 10.000 CAD pro Person. Und man muss in das kanadische Punktesystem passen, wozu unter anderem eine qualifizierte Arbeitsstelle und gute Englischkenntnisse gehören.

Das hört sich ausgesprochen kompliziert an. Wer nimmt so etwas auf sich, zumal die Lebenshaltungskosten so viel höher als hierzulande sind?

„Sogar Vera hatte Probleme bei der Einreise nach Kanada mit den Behörden, obwohl sie mit einem Kanadier verheiratet ist und mit ihm zwei Kinder hat."

„Das verstehe ich jetzt nicht."

„Das versteht keiner – und doch ist es so."

Ich bohre nicht nach und vermute, dass die Ehe in Deutschland geschlossen und deshalb nicht anerkannt wurde.


„Das ist sowieso eine seltsame Familie." Beeke rümpft die Nase und kichert gleichzeitig. „Vera ist speziell, ihre Brüder auch. Viktor wirst du kennenlernen, Volker eher nicht."

„Wie denn speziell?", frage ich.

„Das wirst du schnell herausfinden. Warte, ich erkläre es dir. Ursula hat drei Kinder, Bernhard auch."

„Ist Bernhard ein Bruder meines Vaters?"
Beeke nickt.

„Die Kinder von Bernhard und Ursula wuchsen zusammen in Büdingen auf und verbrachten ihre Ferien bei uns in Flensburg. Wir verstanden uns immer gut. Als wir erwachsen waren, ging Vera nach Kanada und Volker nach Pakistan."

„Pakistan? Ist das nicht gefährlich?"

„Keine Ahnung. Keiner weiß, was er dort gemacht hat und keiner weiß, was er heute macht."

„Meines Wissens lebt er in Frankfurt, ich glaube als Handelsvertreter."

„Denkst du?"

„Wir wissen nicht, wo er heute lebt. Er hat den Kontakt komplett abgebrochen, schneit aber hin und wieder bei einem von uns unangemeldet rein."

„Ich habe gehört, er hätte sich einer Religionsgemeinschaft angeschlossen."

„Einer Sekte?"

„Irgend so etwas. Beate sagt, dass er deshalb nicht an unseren Familientreffen teilnimmt."

„Seltsam."
„Vielleicht lebt er gar nicht mehr in Frankfurt."
„War er nicht mal verheiratet?"
„Das hörte ich auch, aber keiner hat jemals die Frau gesehen. Ich glaube, es ist eine Einheimische aus Pakistan."
„Das glaube ich nicht."
„Warum nicht?"
„Das ist sicher nicht erlaubt."
Ich höre nur zu und finde dieses Hin und Her sehr interessant. Wer eine große Familie hat, kann viel erzählen. Aber im Moment irritieren mich die vielen Namen und Informationen. Mir wird bewusst, wie heftig ein Familienmitglied vermisst wird, wenn es den Kontakt abbricht und ich denke an meinen Vater, der ebenfalls einfach verschwand und sich nicht mehr bei seinen Eltern und Geschwistern meldete.

*****


„Gestern Nacht konnte ich nicht einschlafen", erzählt Hauke schmunzelnd.
„Nanu?"
„Ihr seid schuld!" Er zeigt auf Beeke und zwinkert Christer zu. „Ihr habt so laut gestöhnt, *äh* und *öh*. Ich dachte, irgendwann müssen die mal fertig sein mit ihrer ... naja, ihr wisst schon."

Beeke verzieht zuerst empört ihr Gesicht, dann kreischt sie auf ihre besondere Art schrill auf, so dass sich die Leute an den anderen Tischen umdrehen.

„Sei nicht so frech!", ermahnt sie ihren Bruder und klopft leicht gegen seine Schulter. „Außerdem ist es nicht wahr."

„Und ob es wahr ist. Äh! Öh!", frotzelt Hauke.

„Weißt du inzwischen, woher die seltsamen Geräusche kamen?", erkundigt sich Christer.

„Allerdings." Hauke schaut jeden von uns mit einer dramatisch verzerrten Miene an. „Heute Morgen sah ich aus dem Fenster. Ihr glaubt nicht, was ich gesehen habe."

„Nun sag es endlich!", verlangt Beeke ungeduldig.

Hauke beugt sich über den Tisch und flüstert: „Draußen standen vier Schafe. Die waren es, die gestern *äh, öh* und *mäh* gemacht haben!"

Schafe! Alle lachen und Beeke kreischt wieder. Diese lustige Geschichte werde ich mir merken und sie am Sonntag Abend Erik erzählen, auch die mit der Bedienungsanleitung in der Garage. Erik liebt solche Geschichten.


„Auch bei uns war ziemliches Theater", seufzt Beeke. Sie bindet ihren Schal neu, obwohl es nach wie vor drückend heiß ist.

„Dit Smuddel!", brummt Christer und meint

sicher das Gewurschtel mit dem Schal, der nur der modischen Optik dient.

„Christer vermisste sein Handy und suchte das ganze Hotelzimmer danach ab. Es war einfach nicht zu finden. Weil er vermutete, dass er es im Lokal liegenließ, fragte er in der Rezeption nach. Aber sie hatten kein Handy gefunden. Er dachte schon, er hätte es an der Dönerbude verloren, doch dort zahlte er bar. Ihr müsst wissen, dass Christer seinen Ausweis und die Kreditkarten in der Handytasche aufbewahrt."

„Du groot Schreck!", ruft Astrid aus.

„Christer bat mich, mit meinem Handy seins anzuklingeln. Und wirklich! Ganz leise klingelte es. Aber wo? Wir suchten in den Betten, in den Taschen, im Schrank, unter dem Schrank, in den Jacken. Überall. Nichts!"

„Hebt ji dat funnen?", fragt Astrid.

„Kloor. Dat weer in mien Hosentasch." Christer steht auf und zeigt auf seine Cargohose, die an den Seiten aufgesetzte Taschen hat. „Hier heff ik so en Extratasch mit Knööp un dar steckt dat Ding in."

Beeke kreischt und wedelt mit ihren Händen.

Offenbar war nicht nur das Auto neu, sondern auch die Hose, weshalb Christer sein Telefon nicht finden konnte. Die ganze Aufregung kann ich mir gut vorstellen, weil im Handy bei den meisten Leuten sämtliche Kontaktdaten und

Termine gespeichert sind und das Teil selbst recht teuer ist. Außerdem waren noch Ausweis und Kreditkarten dabei. Ein Glück, dass er sein Handy nicht wirklich verloren hat.

„Das ist noch nicht alles", verkündet Beeke und lacht. „Beim Rasieren säbelte sich Christer seine Pickel weg. Jetzt hat er statt Pickel hübsche rote Flecken."

Ich mustere Christers Gesicht und entdecke tatsächlich neben der Nase und oberhalb der Lippe zwei rote Stellen, an denen die Haut fehlt.

„Dat heilt wedder", winkt Christer ab.

Überglücklich schaue ich von einem zum anderen, weil dieses Kennenlernen meiner fremden Familie so lustig beginnt. Diese vier sind mir jedenfalls überhaupt nicht mehr fremd. Ganz im Gegenteil. Ich habe das Gefühl, sie bereits schon lange zu kennen und freue mich von Minute zu Minute mehr auf den Abend und meine anderen Verwandten.

*****

Ich erfahre, dass Hauke ein Vermessungsbüro führt mit fünfunddreißig Mitarbeitern.

„Fünfunddreißig?", staune ich. „Die wollen jeden Monat beschäftigt werden."

„Und natürlich auch gut bezahlt", lacht Hauke. „Keine Sorge, wir haben gut zu tun. Im nächsten Jahr übernehmen meine Söhne die Firma."

„Alle drei?"

„Nein, Malte ist Lehrer, der hat mit Landvermessung nichts am Hut."

„Auch mit uns nicht", ergänzt seine Frau.

„Astrid!", mahnt Hauke leise.

„Wieso? Die Familie weiß alles und missbilligt alles. Da ist es besser, man spricht es frei heraus. Getuschelt wird sowieso."

Mir ist das kleine Streitgespräch peinlich, trotzdem höre ich gespannt zu.

„Malte besuchte uns vor sieben Jahren zum letzten Mal."

Astrid hat ihren Sohn seit sieben Jahren nicht mehr gesehen. Das ist ja furchtbar.

„Es war Weihnachten und wir in allerbester Stimmung. Mitten beim Festmahl schrie Malte, wir hätten ihm die Kindheit verdorben. Zuerst dachte ich, er macht einen dummen Scherz, aber er schaute uns wütend an. *Womit?*, fragte ich. Unseren Jungs ging es gut, sie hatten mehr als sie brauchten, aber Malte beschimpfte uns, dass es einen graust."

„Beschimpfen kann man es nicht nennen", wiegelt Hauke ab.

„Doch!", beharrt Astrid. „Er hat Dinge gesagt, die ein Sohn nicht sagen darf. Die Zwillinge waren ebenso entsetzt wie ich." Astrid seufzt. „Zuerst regte er sich über unsere Erziehungsmethoden auf und schließlich über Haukes fehlenden Führungsstil in der Firma, was er gar nicht beurteilen kann. Aber er ist Lehrer und glaubt, von allem alles zu verstehen und nimmt sich das Recht, jeden zu belehren."

Das kenne ich, denn Mutti war ebenfalls Lehrer und duldete keinen Widerspruch. Nicht von mir und auch nicht von Vater, obwohl er nicht ihr Schüler, sondern ein erwachsener Mann war. Ich habe das schon früh zu spüren bekommen und mich deshalb in der Schule ruhig verhalten. Es bringt nur Ärger, den Lehrer etwas zu fragen oder gar mit eigenen Argumenten eine Diskussion zu versuchen.

„So schlimm ist es nun auch wieder nicht", meldet sich Hauke.

„Doch! Es ist sogar viel schlimmer!", kontert Astrid. „Er stand damals vom Esstisch auf und stürzte grußlos davon, knallte die Tür, fuhr weg und ließ sich seitdem nicht wieder sehen. Es kam keine Entschuldigung, es kam überhaupt nichts, weder zu Neujahr noch zu einem unserer Geburtstage. Ich bin fertig mit ihm."

„Aber er ist euer Sohn", wirft Beeke ein.

„Jetzt nicht mehr", zischt Astrid.

„Du übertreibst!", tadelt Hauke.

„Für mich ist das Thema Malte ein für alle Mal erledigt."

„Das kann ich mir nicht vorstellen", sagt Beeke.

„Eines Tages tut es ihm leid und er kommt zurück. Du wirst sehen."

„Es ist zu spät! Er hatte genug Zeit, sich zu entschuldigen. Ich will ihn nicht mehr sehen."

Vielleicht urteilt Astrid richtig, doch sie sollte die Tür nicht vor ihrem Kind verschließen. Außerdem kann man sich nicht selbst entschuldigen, maximal um Entschuldigung bitten.

„Malte kennt mich und weiß, dass er verspielt hat. Lehrer studieren und keine Achtung vor den eigenen Eltern haben, das passt nicht zusammen." Sie schnieft verärgert. Dann zeigt sie mit dem Finger auf Beeke. „Du solltest ganz still sein. Du bist auch nicht besser und sprichst mit deiner Künstler-Tochter nur noch über einen Anwalt."

„Wie das?", frage ich und merke im gleichen Moment entsetzt, wie taktlos meine Frage ist.

Streit zwischen Eltern und ihren Kindern kommt vor, doch sollte er niemals so heftig ausarten, dass man den Kontakt abbricht oder sich nur noch über einen Anwalt verständigt. Für mich käme nichts von beiden in Frage, das würde ich gar nicht aushalten.

„Ach, das tut nichts zur Sache. Es geht nur um Geld - wie immer."

„Bei uns nicht", schnauft Astrid. „Mich ärgert, dass Malte nicht einmal zu seinen Brüdern Kontakt pflegt, zwei seiner Neffen und die kleine Jördis hat er noch nie gesehen. Wir wissen nicht, ob er inzwischen verheiratet ist und Kinder hat."

„Malte hat ein hitziges Temperament. Er meint das nicht so", sagt Hauke lächelnd.

„Ausgerechnet du verteidigst ihn! Dabei hat er dich angegriffen."

„Er redet viel und trifft einfach den Ton nicht."

„Ach was! Alles weiß er besser und ist obendrein schnell beleidigt."


Meine Kollegin sagt oft den Spruch: Unter jedem Dach ein Ach. Damit hat sie wohl Recht. Ich gehe jedem Streit aus dem Weg, indem ich lieber zustimme. Wer seine Meinung offen ausspricht läuft Gefahr, dass er plötzlich alle gegen sich hat. Und das würde ich nicht aushalten. Ich habe das Streiten nie gelernt, weil ich keine Geschwister habe und nie wagte, Mutti zu widersprechen. Man kann nicht über alles offen sprechen. Jeder gibt nur das preis, was er für andere interessant findet und gleichzeitig nicht allzu viel über ihn verrät.

„Alle drei Söhne gingen sofort nach dem Abitur fort, um in der Fremde zu studieren", nimmt Hauke den Faden wieder auf. „Malte wie schon gesagt Lehrer, Jonte BWL (Betriebswirtschaft) in Berlin, obwohl er dafür ebenso gut in Flensburg hätten bleiben können. Und Bente ging nach Irland."

„Work and Travel nennt sich das."

„Anfangs sah es so aus, als ob sie ihr Glück in der Fremde gesucht und gefunden hätten. Aber dann kamen sie zurück, alle drei. Malte unterrichtet die gymnasiale Oberstufe an einer der Duborg Skolen."

„Was ist das?", erkundige ich mich.

„Duburg Schulen sind dänische Gemeinschaftsschulen."

Ich bin kein Freund von Gemeinschaftsschulen, sage es aber nicht.

„Jonte arbeitet seit dem Ende seines Studiums bei uns in der Firma und Bente begann nach seiner Rückkehr eine Ausbildung zum Landvermesser. Ich hätte keinen meiner Jungs gezwungen, in meiner Firma zu arbeiten. Dass es gleich zwei Söhne mit Freude tun, ist für mich der wahre Glückstreffer."

„Die Zwillinge bewohnen mit ihren Familien ein großes Haus in der Nähe der Firma. Ihre Kinder wachsen gemeinsam auf wie Geschwister. Das funktioniert nur, weil ihre Frauen ebenfalls eineiige Zwillinge sind", ergänzt Astrid glücklich.

„Wo gibt es denn so was?", rufe ich erstaunt aus.

„Die Jungs fanden jahrelang keine Freundin, weil diese schnell eifersüchtig auf den Bruder reagierten."

„Eifersüchtig auf den Bruder?", wundere ich mich.

„Die Mädels ertrugen es nicht, dass ihr Freund seine Freizeit immer mit dem anderen Zwilling verbringen wollte, obwohl sie schon den ganzen Tag in der gleichen Firma arbeiteten."
Mir würde es auch nicht gefallen, wenn ständig Eriks Bruder bei allem dabei wäre. Allerdings weiß ich nicht, wie es wäre, eine Schwester, einen Bruder oder gar einen Zwilling zu haben.
„Froonslüüd sünd so", weiß Christer. „Sie müssen ständig hören, dass sie die Nummer Eins sind und glauben es trotzdem nicht. Also gibt es ständig Streit."
„Als die Jungs schon glaubten, sie würden überhaupt keine Frau mehr finden, die ihre enge Verbindung zueinander akzeptiert, erfuhren sie von einem Zwillingstreffen in Berlin und fuhren hin. Dort lernten sie ein nettes Schwestern-Zwillingspaar kennen, alles hat gepasst und ein Jahr später gab es eine Doppelhochzeit."
„Das ist ja eine wunderbare Geschichte!", rufe ich aus und hätte fast vor Freude in die Hände geklatscht. „Haben die beiden Zwillingspaare auch Zwillinge bekommen?"
„Nein, keiner von beiden."
Wieder lachen alle, während ich immer noch überlege, ob es bei Zwillingen wirklich so ist,

dass sie alles gemeinsam tun und sich niemals trennen.

*****

„Ich arbeite in der Europa-Uni", berichtet Beeke stolz. „Unsere Studierenden erfahren viel über Kunstpädagogik und Medienwissenschaften."
Unter Kunstpädagogik stelle ich mir einen Zeichenlehrer vor. Das Zeichnen und Malen hat mir früher in der Schule viel Freude gemacht. Leider gab es später in Mias Schule keinen Kunstunterricht mehr.
„Was versteht man unter Medienwissenschaft?"
„Ästhetische Medienkunst ..."
„Musikvideos und Spiele", unterbricht Christer und erhält dafür einen abfälligen Seitenblick von Beeke.
„Sei still! Davon verstehst du nichts!" Sie wendet sich an mich. „Das Studium fördert Erlebnisfähigkeit und Experimentierfreude ..."
„Jaja", brummt Christer und winkt ab.
Ich finde das nicht höflich, kann mir aber vorstellen, dass Beeke viel über ihre Arbeit spricht, die ihren Mann nicht interessiert. Im gleichen Moment wird mir klar, weshalb sich Beeke so gekünstelt verhält und umständlich ausdrückt. Es liegt an ihrem Beruf. Die übertriebene Liebe zur Kunst und vor allem zu Künstlern macht

85

den Umgang mit Kunstliebhabern oft zur Qual. Ich kenne das von meinen Museums-Kollegen, wenn sie über Malerei und Vernissagen sprechen und dabei eine Tonlage zwischen Verehrung und Herablassung benutzen, was direkt lächerlich ist.

„Ich arbeite verkürzt, weil ich nicht völlig ausgebrannt und erschöpft in die Rente gehen will", nimmt Beeke einen neuen Anlauf.
„Du gehst bald in Rente?"
„Nein, erst in zwölf Jahren", korrigiert sie empört, weil ich sie so viel älter geschätzt habe.
„Aber mein Leben soll nicht nur aus Arbeit bestehen. Wir haben ein kleines Boot und fahren gern raus auf die Förde."
Ich mag das Meer, aber ich mag keine Schiffsreisen, während es für Erik der größte Traum wäre, auf einem kleinen Boot über die Meere zu segeln.
„Was genau meinst du mit Förde?", frage ich.
„Das ist eine fünfzig Kilometer lange Bucht in der Ostsee zwischen Deutschland und Dänemark", erklärt Christer.
Ihn kann ich mir gut auf einem Boot vorstellen, das Hemd offen, die Ärmel hochgekrempelt, damit man seine Behaarung sieht. Optisch und auch von der Art her wirken Beeke und Christer gar nicht wie ein Paar. Sie so künstlich aufge-

setzt, er dagegen derb und fast animalisch. Ich mag das übertrieben Männliche nicht. Mir sagt eher ein Typ wie Hauke zu, der nichts Grobes an sich hat. Erik ist ihm in seiner ruhigen Art ähnlich, eine Art stolze Zurückhaltung.

Wenn ich Christer so anschaue, drängt sich mir das Bild eines Fischers auf, der breitbeinig in seinem Kutter steht und Wind und Wellen trotzt.

„Bist du Fischer?", frage ich Christer.

Er lacht sein breites Lachen und antwortet, dass er bei den Stadtwerken angestellt und für die Trinkwasserversorgung zuständig ist.

„Naja, ich dachte, weil du so kräftig bist und auf mich wie … wie ein Landarbeiter wirkst, der den ganzen Tag hart an frischer Luft arbeitet."

„Tja, ik bün darüm so dull, weil ich vor kurzem fünfundzwanzig Kilo zugenommen habe."

Christer hebt seinen linken Arm und lässt seine Muskeln spielen, dann klopft er stolz auf seine straffen Bauchmuskeln.

Habe ich das richtig verstanden, dass er vor kurzem fünfundzwanzig Kilogramm weniger wog? Das kann ich mir nicht vorstellen, denn ich schätze sein Gewicht auf gut achtzig Kilo bei einer Größe von etwa Eins-Achtzig. Einen so großen stämmigen Mann kann ich mir nicht unter sechzig Kilo vorstellen.

Beeke nickt ernst.

„Vor einem halben Jahr bestand Christer nur

aus Haut und Knochen und war so schwach, dass er nicht allein stehen konnte.“

„Wie kam das?“, frage ich entsetzt.

„Er war krank.“

„Ich *war* krank, aber das ist längst Geschichte. Nu geiht mi dat goot und ich kann wieder nach Dänemark segeln.“

„Wir sind gern in Dänemark“, erklärt Beeke. Christer ist Däne, seine Schwester lebt in Sonderburg, einer kleinen Stadt direkt an der dänischen Förde.“

Ich erinnere mich an eine Dokumentation, dass in Flensburg neben Hochdeutsch und Platt vor allem Dänisch gesprochen wird. Haukes Sohn Malte arbeitet in einer dänischen Schule und es gibt mehr als zehn dänische Kindergärten in der Stadt.

„Gehen eure Enkel in eine dänische Kita?“, erkundige ich mich.

„Ja, neun Stück. Auch die Große lernt Dänisch in der Schule. Das ist für später ganz wichtig für die Kids.“

Stück. Ein Kind ist kein Stück wie von einem Kuchen oder ein Stück Vieh. Doch plötzlich fällt mir der Zusammenhang ein, weshalb ich heimlich kichern muss. Beeke sagte Stück und Kids. Kid kommt aus dem Englischen und bedeutet kleine Ziege.

*****

„Eure Verwandten wohnen hier in Büdingen oder in Frankfurt, was ebenfalls in der Nähe ist. Wie kommt es, dass ihr so weit weg in Flensburg lebt?“

„Unsere Mutter erhielt als junges Mädchen eine Anstellung in einem großen Haushalt in Flensburg. Ihr gefiel es dort und sie gefiel dem Sohn des Hauses.“ Beeke kreischt und wedelt mit ihren Händen. „Wo de Leevt fallt, wasst keen Gras mehr!“ Wieder kreischt sie, hält ihre Hand vor den Mund und schaut sich kichernd um. „So sind Hauke und ich entstanden und natürlich in Flensburg wohnen geblieben, weil es nirgendwo auf der Welt so schön ist wie an der See.“
Das klingt zwar sehr pathetisch, doch ihrer Begeisterung für das Meer kann ich nur zustimmen.

Auf dem Weg zum Hotel hakt sich Beeke bei mir unter, Christer läuft auf der anderen Seite neben mir. Ich frage noch einmal nach ihren Kindern und Enkeln, weil mir kein anderes Gesprächsthema einfällt.
„Seit sie erwachsen sind, ist mein Projekt Kinder abgeschlossen“, erklärt Beeke barsch, „Ich habe mein eigenes Leben und bin nicht auf der Welt, um die Kids meiner Mädels zu passen.“

Zu passen? Sie meint sicher *auf*zupassen. Auf jeden Fall halte ich ihre Sicht der Dinge für ungewöhnlich, denn meist sind die Omas ganz wild darauf, die Enkel zu verwöhnen. Ich hätte jedenfalls gern einen Enkel oder auch zwei, wenn es eines Tages soweit ist.

„Kinder sind wie sie sind. Ob man sie gut oder gar nicht erzieht, spielt keine Rolle. Sie werden am Ende, was sie wollen und niemals so, wie sie sein sollen."

Wie sollten Kinder sein? Mia ist genau so, wie ich mir eine Tochter gewünscht habe. Sie sollte zwar studieren und nicht Verkäuferin in einem Schmuckladen werden, aber sie ist ehrlich und zuverlässig und war nicht einmal als Jugendliche rebellisch.

„Ehrlich und zuverlässig werden sie sein", sage ich so dahin.

„Wie man´s nimmt", weicht Beeke aus. „Auf jeden Fall sind alle drei Mädels vollkommen unterschiedlich, obwohl ich sie gleich erzog."

Ich nicke verständnisvoll und warte, ob sie näheres erzählt. Und tatsächlich tut sie es.

„Iben hat ihren Master in Kunst und visuelle Medien in *meiner* Uni gemacht. Sie malt", erklärt sie stolz.

„Oh!", rufe ich aus.

„Keine schönen Landschaften oder Menschen, sondern grellbunte Kreise und Kleckse, deren

Farben ineinander verlaufen." Christer schnieft durch die Nase. „Ich weiß nicht, wie man davon leben kann. Aver dat mutt se sülvs weten. Sie wohnt in Berlin … mit en Fro."

Mit einer Frau?

„Na und? Ist doch egal! Wenigstens kriegt sie keine Kinder", entgegnet Beeke.

Ich schlucke, sage aber nichts dazu. Es klingt, als ob Beeke keine Kinder mag, obwohl sie drei Kinder hat und dazu fünf Enkel. Vielleicht sind ihr diese auch genug. Oder sie hat Angst, dass sie wegen des Streits mit ihrer Tochter die Enkel nie sehen wird. Vielleicht wollte sie nur ihre künstlerisch begabte Tochter verteidigen, denn Christer scheint ihre Meinung nicht zu teilen.

„Brotlose Kunst", brubbelt er. „Ihre Abschlussarbeit ließ sie bei uns im Haus stehen. Vielleicht gefällt die ihr selbst nicht."

„Davon verstehst du nichts!", weist ihn Beeke zurecht.

„Es ist ein riesiges Plakat, bestehend aus knallroten, lila und violetten Balken; was weiß ich, was das darstellen soll. Iben veranstaltete ein Riesentamtam …"

„Gar nicht wahr!" Beeke wendet sich an mich. „Ich war mächtig stolz auf ihre Arbeit."

Christer verdreht die Augen.

„Und du hast sie unterstützt und so lange genervt, bis ich mich breitschlagen ließ und das

Monster in unserer Stube aufhing."

„Ich finde, es macht sich hervorragend über der antiken Kommode", erklärt Beeke stolz.

„Es tut einfach nur den Augen weh, worüm bün ik lever op n Boot as tohuus."

Christer ist lieber auf dem Boot als daheim? Genauso stelle ich mir diese beiden vor: Beeke steht auf Kunst und Stil, aber Christer mag keinen Zierrat, er beschränkt sich auf das Wesentliche und das ist sein Boot.

„Ich finde es sehr nett von dir, dass du das Bild für Beeke und eure Tochter hängen lässt, obwohl es dir nicht gefällt."

„Ach was!", winkt Christer ab.

Meist entscheiden die Frauen über die Einrichtung in der Wohnung und die Männer nehmen es klaglos hin.

„Astrid sagte, dass ihr nur noch über einen Anwalt mit eurer Tochter sprecht." An den Namen der jungen Frau kann ich mich nicht erinnern und kann im Moment auch nicht auf meinem Zettel nachsehen. „Stimmt das?"

„Sie hat uns verklagt, weil sie Geld braucht. Sie will ein Atelier einrichten. Es muss unbedingt in Neukölln sein, denn nur dort leben Künstler, die etwas auf sich halten."

Kann man Geld von den Eltern einklagen, wenn man bereits erwachsen und das Studium abgeschlossen ist? Soweit ich weiß, muss man nur bis zum Berufsabschluss Unterhalt zahlen.

„Ich verstehe, dass sie sich Unterstützung von euch wünscht, aber ich verstehe nicht, womit sie die Klage begründet."

Christer lacht, während ihn Beeke sichtlich verärgert anherrscht: „Was gibt es da zu lachen? Iben argumentiert so, dass ihre Schwestern von uns unterstützt werden und sie nicht. Wir haben für jedes der fünf Enkel ein Sparbuch angelegt, worauf wir jeden Monat einzahlen. Iben erwartet, dass wir den gleichen Betrag für sie zurücklegen müssen."

„Aber Iben hat keine Kinder."

„Wir zahlen in jedes Sparbuch monatlich zwanzig Euro ein, das wir zum achtzehnten Geburtstag übergeben wollen. Iben rechnete aus, dass das pro Kind über viertausend Euro sind, also insgesamt mehr als zwanzigtausend Euro. Die will sie jetzt haben."

Ich schüttle den Kopf, weil ich diese Rechnung einfach nicht begreife. Selbst, wenn sie Kinder hätte, würde nicht sie den Betrag bekommen, sondern das Kind und zwar erst zum achtzehnten Geburtstag.

„Und darum kümmert sich ein Anwalt?"

„Er verdient am Streitwert, gleichgültig, ob er die Klage gewinnt oder verliert. Ach, laat uns dat Thema", brummt Christer und gesellt sich zu Hauke.

„Weißt du, Christer interessiert sich nicht für
Kunst und Malerei, das ist für ihn ohne Sinn
und Wert, eine Beschäftigung für gelangweilte
Frauen. Er interessiert sich für Politik und
Sport, obwohl er diese Leute überhaupt nicht
kennt. Stundenlang könnte er über Fußballer
schnacken, wer zu welchem Verein zu welchem
Preis wechselt und welcher Trainer entlassen
wurde. Aber die Bilder, die seine Tochter malt,
sind für ihn nur wertlose Kinderei. Er achtet ihre
Arbeit nicht und auch nicht meine. Dabei ist
Kunst so wichtig. Kunst ist zwar nicht das Brot,
wohl aber der Wein des Lebens, das wusste
schon Jean Paul.“
Der Name Jean Paul sagt mir nichts, vermutlich
ein Maler oder Schriftsteller. Meine Vorstellung
von Kunst beschränkt sich auf Gebäude und
Brücken. Deshalb kann ich zur künstlerischen
Malerei nichts sagen und bin froh, dass Beeke
das Thema wechselt.

„Ida, meine Jüngste, lebt völlig zufrieden von
Hartz4“, erzählt Beeke weiter. „Damit kommt sie
trotz oder wegen der vier Kinder bestens zurecht, weil sie für jedes vom Amt den Regelsatz
erhält, dazu die Miete und die Umlagen. Ich
weiß nicht genau, wie hoch diese monatliche
Summe ist, auf jeden Fall mehr, als sie selbst
erarbeiten könnte, falls sie arbeiten wollte. Aber

sie will gar nicht. Sie sagt: Das Leben ist das mit der Freude und den Farben, nicht das mit dem Ärger und dem Grau. "
Ich glaube nicht, dass Hartz4-Empfänger nur arbeitsscheu sind. Sie wird mit vier Kindern ihr Päckchen zu tragen haben, zumal das jüngste erst zwei Jahre alt ist.
„Einen Mann hat sie nicht, sie will auch keinen. Die Kinder kennen ihre verschiedenen Väter nicht und stören sich nicht daran. Was soll nur aus ihnen werden?" Beeke schüttelt bedrückt den Kopf. „In ihrer Wohnung sieht es aus wie auf einem Schlachtfeld, doch das stört Beeke nicht. *Ist meine Bude. Halt dich da raus!*, sagt sie, wenn ich sie auffordere, die Kleider der Kids aufzusammeln. Also meide ich sie und ihre Brut. Sie will es nicht anders und ich könnte mit keinem Wort etwas daran ändern." Entrüstet wirbelt Beeke mit ihren Armen. „Sie sagte mal zu mir, sie sei wie Pellkartoffeln mit Quark. Entweder, man mag sie oder erträgt sie nicht. Da ist was Wahres dran, obwohl ich nicht weiß, was das mit Kartoffeln zu tun hat."
Nun muss ich lachen. Ich kann mir gut vorstellen, dass Ida polarisiert mit ihrer lockeren Lebenseinstellung.


„Meine Imme ist die einzige, die weiß, was wichtig im Leben ist: Sie geht wie ihr Mann arbeiten und Mika in den Kindergarten."

„Für jeden ist wohl etwas anderes wichtig im Leben", versuche ich zu trösten.

„Das stimmt. Doch sehe ich es bei den eigenen Kindern anders als bei fremden. An fremde habe ich keine Erwartungen und bin demzufolge nicht so enttäuscht wie bei meinen Deern. Ida ist mir zu gleichgültig, Iben krankhaft selbstverliebt und Imme überaus pflichtbewusst."

Beeke spricht offen über ihre Familie und beschönigt nichts. Sie ist nicht so unterkühlt, wie man sich Norddeutsche vorstellt, auch nicht unnahbar, eher direkt euphorisch, wenn ich an ihr schrilles Kichern denke.

Dann schlendern wir gemeinsam zum Hotel, wo Beate uns bereits erwartet. Beate ist groß und kräftig und hat wie ich schwarze Locken, in denen einige graue zu erkennen sind. Sie umarmt mich herzlich, so dass meine Anspannung wie weggeblasen ist.

*****

Beate stellt mir Viktor und seine Frau vor. Die beiden sind ein auffallend schönes, modisch gekleidetes Paar. Viktor hält meine Hand lange in seiner fest und mustert mich. Sein Blick hat etwas Lauerndes wie ein Tier vor dem Sprung, weshalb ich mich unmerklich ducke. Seine Frau

wirkt distanziert, fast abweisend. Beate dagegen umarmt jeden herzlich und gibt jedem das Gefühl, er sei besonders wichtig. Sie stellt gezielt Fragen nach den Kindern und Enkeln und wählt immer die richtigen Worte.
Ich lerne Beates Schwester Sabine kennen und ihren Bruder Dieter. Sabine ist ohne ihren Mann gekommen, Dieter in Begleitung seiner sehr jungen Freundin, die ihre schlanke Figur mit einem hautengen schwarzen Kleid betont. Ihre pechschwarzen glatten Haare fallen ihr locker auf die Schulter, Dieter hat nur einen dünnen grauen Haarkranz auf dem Kopf. Beide halten Abstand und reichen niemandem die Hand, sie wollen vorsichtig sein, sich nicht anstecken.
„Wir fahren am Dienstag in den Urlaub", erklärt Dieter. „Da gehen wir kein Risiko ein."
„Wat för en Risiko? Woför hest Angst?", wundert sich Christer.
Entgeistert schaut Dieter seinen Schwager an.
„Schon mal was von Corona gehört?", fragt er empört. „Wir schützen uns vor Ansteckung und haben immer Desinfektionstücher dabei."
Christer lacht und klopft Dieter derb auf die Schulter. „Dat deist du richtig!", lacht noch einmal und wendet sich Hauke zu.

Mich platziert Beate ganz vorn an die Spitze der langen Tafel zwischen sich und Christer.

Die Männer lästern über die Speisekarte, die Frauen zeigen sich beeindruckt von No-Seefood-Pasta, No-Chicken-Streifen und Schaschlik-Spieß aus Pilzen und Sojaplatten. Ich weiß nicht, was ich wählen soll und kann mich nicht entscheiden zwischen all den veganen Gerichten. Es muss zwingend etwas sein, was ich daheim nicht koche und mir trotzdem schmeckt.

Wenn wir ausgingen, wollte ich nie das gleiche essen wie Erik, was ein weiteres Problem ist, denn meist erschien mir die Speise auf seinem Teller verlockender als die auf meinem, weshalb ich auf mein Essen plötzlich keine Lust mehr hatte. Wenn ich jetzt etwas bestelle, was ich nicht kenne und es schmeckt mir nicht, würde ich mich ärgern, dafür teuer zu bezahlen.

Ich kenne keines der Gerichte außer der Antipastiplatte und dem Rohkostsalat. Aber einen Salat zum Abend möchte ich nicht essen, weil sich Rohkost schwerer verdaut als Gegartes und deshalb nicht gut für meinen empfindlichen Magen ist. Beate empfiehlt eine Auberginenpicotta, die ich schließlich bestelle, obwohl ich keinen Appetit darauf verspüre.

Wir stoßen mit Sekt auf das Familientreffen an und Beate stellt mich den anderen noch einmal vor. Sie erzählt, wie sie vor wenigen Wochen eine Fernsehsendung über das Naturkundemuseum Leipzig sah, worin ihr eine junge Frau mit schwarzen Locken auffiel, die Sonja hieß wie die Tochter des verschollenen Peter. Ohne lange zu überlegen schrieb sie einen Brief an das Museum und lud mich zum Cousin/en-Treffen ein.

„Das hätte auch schief gehen können", sagt jemand.

„Das stimmt. Aber dieses Risiko musste ich eingehen. Erst, als mich Sonja anrief, konnte ich sicher sein, die richtige Sonja gefunden zu haben."

Alle klatschen in die Hände und rufen: „Bravo! Das hast du gut gemacht."

„Sonja ist mit Erik verheiratet, sie haben eine fünfundzwanzigjährige Tochter, die Mia heißt. Geschwister hat Sonja keine. Wir werden uns nach dem Essen ausführlicher unterhalten und Sonja bitten, von ihrem Vater zu erzählen, von Peter, dem verlorenen Familienmitglied."


Inzwischen wird das Essen serviert. Der Kellner stellt eine riesige Schieferplatte auf meinen Platz, die von einer ebenso riesigen Glocke abgedeckt ist und von dem Mann feierlich abgehoben wird. Zum Vorschein kommt ein lächerlich winziges Türmchen aus verschiedenfarbigen kleinen Plättchen, die Auberginenpicotta. Werde ich davon satt? Und wie soll ich dieses

Kunstwerk essen? Darf ich es umkippen?

Der Kellner erklärt: „Aubergine, Babyspinat, Polenta, Kichererbsenmehl, Sojacreme, Guakernmehl, Schalotte, fein abgeschmeckt mit Knoblauch, Rosmarinnadeln und Olivenöl."

Ich zeige mich beeindruckt, obwohl ich es nicht bin. So ein Gehabe um eine Mahlzeit halte ich für übertrieben und macht das Essen auch nicht besser. Mir ist wichtig, dass es schmeckt. Es schmeckt nicht schlecht, aber auch nicht besonders gut und ich bin froh, dass wir morgen Abend beim Italiener essen werden.

Beeke klatscht in die Hände und ruft laut *Ah* und *oh!*, als ihre No-Seefood-Pasta serviert wird. Auch Viktors Frau ist begeistert von den hübsch angerichteten Speisen, doch die Männer lästern und machen Witze über die winzigen, kunstfertig drapierten Gerichte auf den riesigen Schieferplatten.

„Dat is bloot för mien hohlen Tahn", lacht Christer. „Vun watt mutt een ja satt warrn."

„Bringen Sie uns bitte einen Korb voller Brot!", ordnet Hauke an. „Gute Gesellschaft und gutes Essen – das zählt im Leben." Er zwinkert seiner Frau zu. „Astrid ist die perfekte Gastgeberin und hat damit auch zu meinem geschäftlichen Erfolg beigetragen."

„Wir achten sehr auf gesundes Essen", verkündet Viktors Frau. „In Frankfurt gibt es zehn Sterne-Lokale, in diesem Jahr kamen zwei neue dazu, die wir noch nicht ausprobiert haben."

„Ist nur teuer, wird viel Summs gemacht und schmeckt nicht", brummt Beates Mann. „Au!", schreit er auf. „Warum trittst du mir auf die Zehen?", zischt er Beate an.

„Weil du Blödsinn redest."

„Isch ess halt Griesoß mit Pellkartoffeln und Eiern liewer. Un Rippsche mit Kraut schmeggt mer noch besser", antwortet er im hessischen Dialekt.

Wieder lachen die meisten und stimmen ihm zu.


Nach dem Essen geht Beate hinaus und kommt wenige Minuten später mit einer alten Frau am Arm zurück, die von allen freudig begrüßt wird. Die Frau hat trotz ihres Alters munter blitzende Augen, mit denen sie jede Person im Raum erfasst. Sie wirkt in ihrem dunkelblauen Kleid mit kleinen Streublümchen ausgesprochen elegant, weil sie sich sehr gerade hält.

Beate winkt mich zu sich.

„Das ist Sonja, die Tochter deines kleinen Bruders Peter", stellt sie mich vor und zu mir gewandt: „Meine Mutter Ursula"

„*Unsere* Mutter", korrigiert Sabine, geht aber nicht auf sie zu und würdigt sie keines Blickes.

Dieter umarmt seine Mutter und schiebt ihr

einen bequemen Sessel hin, aber nicht in Richtung Tisch, sondern zur Wand. Dort steht ein riesiger Bildschirm. Ich kann schlecht schätzen, aber zwei Meter Durchmesser ist wohl nicht übertrieben. Mit seinem Handy schaltet er den Monitor an und startet eine Diaschau. Zuerst sieht man eine junge Frau mit einem Baby auf dem Arm.

„Das ist Agnes mit dem kleinen Peter“, erklärt Beate.

„Gott, was hat die uns genervt“, schnieft Viktor. „Jeden Tag kam sie angekleckert, sogar später, als ich längst in Frankfurt wohnte, kam die angeschissen. Neugierde in Person.“

„Sie wollte immer allen helfen, so war sie“, korrigiert Beate.

„Ach, die war komplett gestört. Vielleicht ist Vera sogar wegen der ausgewandert.“ Viktor grinst boshaft. „Die Flensburger hatten ihre Ruhe vor ihre *Hilfe*, die keiner brauchte. Euch“, er zeigt auf Beeke und Hauke, „hat sie nur zwei Mal im Jahr belästigt.“

„Wir fühlten uns nie von Agnes belästigt“, stellt Beeke klar. „Ich mochte sie.“

Hauke nickt zustimmend.

„Außerdem weißt du ganz genau, dass sich Vera in einen Kanadier verliebte, ihn heiratete und nur deshalb auswanderte.“

„Und? Ist sie noch mit diesem Canuck zusammen? Sie hätte längst zurückkommen können, aber meine Schwester hat eben kein Hirn im Schädel."

„Viktor!", mahnt Beate laut und flüstert mir zu, dass er Vera sehr vermisst.

Mir fällt ein, dass er noch einen verschollenen Bruder hat, der Volker heißt. Vermisst er den nicht? Außerdem hat Vera zwei Kinder und vielleicht schon Enkel, weshalb sie ganz sicher in Kanada bleiben wird, was ich gut verstehe.

Es folgen Schwarz-Weiß-Aufnahmen von Vaters Geschwistern, Hochzeitsfotos und schließlich unzählige Farbfotos von den Cousins und Cousinen und deren Kindern und Enkeln. Mir schwirrt der Kopf von all den vielen Leuten, die ich beim besten Willen nicht zuordnen kann. Ich versuche, auf den Fotos Ähnlichkeiten zwischen all den Verwandten zu erkennen. Die meisten sind blond, einige haben schwarze Haare und zwei sogar rote. Verstohlen mustere ich Ursula. Beate ist ihr von der Art her sehr ähnlich, beide strahlen Ruhe aus, was man von Sabine und Dieter nicht sagen kann.

Ich schaue mich um und betrachte meine neue Familie, die mir gar nicht mehr so fremd ist. Im gleichen Moment durchströmt mich ein überaus glückliches Gefühl. Ich habe eine Familie!

„Komm her zu mir, Kindchen", lockt Ursula und

winkt mich heran.

Als ich neben ihr sitze, tätschelt sie meine Hand, als wäre ich tatsächlich ein kleines Kindchen. Doch auf einmal fühle ich mich behütet und lehne meinen Kopf an Ursulas Schulter, obwohl ich sonst nie so schnell Zuneigung empfinde und selten körperliche Nähe gestatte. Es ist einfach diese wunderbare Stimmung zwischen all meinen Verwandten, die ich bis vor wenigen Stunden noch nicht kannte, aber die mir jetzt schon vertraut und lieb geworden sind.

„Die vielen Fotos hat Tante Agnes gesammelt. Keiner wollte nach ihrem Tod die Bilder. Sind die Aufnahmen nicht herrlich?"

Alle stimmen zu und klatschen in die Hände.

„Hast du auch Fotos dabei? Von dir, von Mia, deinem Mann und deinen Eltern?"

Ich schüttle den Kopf und bedauere, überhaupt nicht an Bilder gedacht zu haben. Wir fotografieren höchst selten, aber Hochzeitsbilder, eins von Mias Schulanfang und Vater bei einem seiner Auftritte hätte ich unbedingt mitbringen sollen. Und mein Handy ist kaum eine Woche alt und noch komplett ohne Fotos.


„Kindchen, erzähle mir von deinem Vater!", bittet mich Ursula. „Wie hat er gelebt? Wie ist er gestorben?"

Das hört Beate. Sie steht auf, klopft gegen ihr

Glas und alle horchen auf.

„Jetzt soll uns Sonja von ihrem Vater erzählen, von Onkel Peter, den wir leider kaum kennen. Wir wissen im Grunde nur, dass er mit fünfzehn Jahren plötzlich verschwand und zehn Jahre später seine und unsere Eltern zu seiner Hochzeit nach Leipzig einlud; wir Kinder durften mit. Im Jahr darauf schickte er ein Foto von der neugeborenen Sonja." Beate zeigt mit ihren Armen feierlich auf mich. „Danach hörten seine Eltern und Geschwister nichts mehr von ihm. Nun möchten wir wissen, was Peter die ganzen Jahre über gemacht hat."

„Er war Musiker und spielte Oboe im Leipziger Symphonieorchester und auch im Bläserquintett", antworte ich.

„Habt ihr das gehört?", ruft sie laut in die Runde. „Peter war Musiker."

Alle murmeln erstaunt und zeigen sich beeindruckt, was mich direkt stolz auf meinen Vater macht.

„Das wussten wir nicht. Mama sagt, er wollte Schriftsetzer werden, als er von hier fortging."

Das wusste ich nun wieder nicht.

„Peter war fasziniert vom Buchdruck und wollte in Frankfurt eine Lehre beginnen. Doch unsere Eltern erlaubten das nicht. Sie hatten Angst um ihren Nachzügler", erklärt Ursula. Sie hat trotz ihres hohen Alters eine feste Stimme und wirkt auf mich geistig fit. „Er war der Jüngste, wir Geschwister wurden elf bis zwanzig Jahre früher geboren. Unsere Mutter war völlig aufgelöst, als der Kleine plötzlich verschwand. Peter war der Einzige, der noch daheim wohnte. Wir anderen waren längst aus dem Haus, verheiratet und hatten eigene Familien.“

„Außer Agnes“, ergänzt Viktor und lächelt höhnisch.

Gespannt höre ich zu, denn ich weiß gar nichts von Vaters Vergangenheit.

„Die Eltern liefen noch am gleichen Abend zur Polizei und erwarteten, das sie nach Peter suchen. Doch man sagte ihnen, dass viele junge Burschen von daheim wegliefen und nach ein paar Tagen von ganz allein zurückkommen.“

„Die Polizei hat nicht nach ihm gesucht?“, frage ich entsetzt.

Ursula schüttelt betrübt den Kopf.

„Deshalb machte sich Vater selbst auf die Suche. Er fuhr nach Frankfurt, klapperte sämtliche Druckereien und Buchbindereien ab und hoffte, Peter dort zu finden. Vergebens. Keiner hatte einen Lehrbuben, der Peter hieß, niemand konnte ihm helfen.“ Ursula seufzt. „Das war eine schwere Zeit für unsere Mutter.“

Das kann ich mir vorstellen. Ich weiß nicht, was ich gemacht hätte, wenn Mia mit fünfzehn Jahren verschwunden wäre und ich das Gefühl hätte, dass niemand helfen kann oder will. Zum Glück hielt sich Mia immer an Vereinbarungen und rebellierte nie dagegen.

Eine ihrer Freundinnen lief von daheim weg und wurde von der Polizei aufgegriffen. Doch sie wollte um keinen Preis nach Hause zu ihrer Mutter. Dabei schien mir ihr Elternhaus intakt, aber man kann in keine Familie hineinsehen. Vielleicht wurde das Mädchen geschlagen oder sie wollte nur länger ausgehen und ihr Zimmer nicht aufräumen. Wer weiß das schon? Sie landete im Kindernotdienst und musste sich dort an strenge Regeln halten, weshalb sie am Ende recht bald nach Hause zurückkehrte. Doch das Vertrauen zwischen ihr und den Eltern war von dieser Zeit an zerstört.

„Nach zwei Wochen, in denen Mutter vor Kummer fast verzweifelte, kam eine Karte. Sie war von Peter, aber ohne Absender mit Poststempel Leipzig!" Wieder seufzt Ursula. „Ausgerechnet aus dem Osten, wo Peter für sie unerreichbar war. Er schrieb, dass er eine Lehrstelle als Schriftsetzer hat und in einem Wohnheim lebt. Das war alles."

„Konnten seine Eltern nicht zu ihm und ihn zurückholen?", frage ich.

Ursula schüttelt den Kopf.

„Nein. So einfach war das damals nicht. Man hörte so viel über Minen und Erschießungen, wusste aber nicht wirklich etwas über diesen Teil Deutschlands, der sich so abriegelte. Das machte ihnen Angst. Sie gingen mit der Karte zur Polizei und baten um Hilfe, doch man sagte ihnen, dass es keine Möglichkeit gibt, Peter aus der DDR herauszuholen, obwohl er erst fünfzehn Jahre alt war." Wieder seufzt Ursula. „Jedes Jahr schickte Peter eine Weihnachtskarte aus Leipzig, aber immer ohne genaue Adresse. Wir hofften, dass er nach Abschluss der Lehre zurück nach Büdingen kommt. Aber er kam nicht." Ursula lächelt. „1974 kam die Einladung zur Hochzeit und wir fuhren mit Kind und Kegel nach Leipzig."

Nun reden alle wild durcheinander und erinnern sich gegenseitig an Begebenheiten während der Hochzeit.

„Unsere Eltern waren schockiert, weil es keine kirchliche Trauung gab und glaubten, dass dies in der DDR verboten ist."

Nein, verboten waren kirchliche Feste nicht, es war nur nie üblich, in der Kirche zu feiern. Erst seit einigen Jahren ist es wieder Mode, nach der Trauung in die Kirche zu gehen und dort das traditionelle Brautkleid zu tragen.

Erik und ich wollten kein großes Theater um die Hochzeit. Die Ehe sichert die Partner finanziell ab, hat steuerliche Vorteile und man trägt Verantwortung füreinander. Wir verstehen darunter

Treue, Achtung, Rücksicht und Beistand. Wenn wie bei uns ist noch die Liebe dazukommt, ist das häusliche Zusammenleben perfekt.

„Gleich nach dem Standesamt zog die ganze Gesellschaft in ein nahes Lokal und am nächsten Tag besuchten wir den Leipziger Zoo", erinnert sich Ursula.

„Ich fand die Pinguine so lustig."

„Und ich die Seelöwen oder Robben oder was das war."

„Aber nein! Die Affen! Die Affen!"

„Elefanten. Wisst ihr noch?"

„Wart ihr wieder mal im Zoo?"

So quasseln sie durcheinander, was mich völlig durcheinander bringt. Es sollte immer nur einer sprechen, alle anderen ihm zuhören. Ich mag es außerdem nicht, wenn sich in einer großen Runde zwei miteinander unterhalten und dabei das Gruppengespräch ignorieren, was ich sehr unhöflich finde.

Aber so läuft es immer und ich kann mich nicht daran gewöhnen.

„Als die Eltern merkten, dass Peter mit Jutta in Leipzig glücklich ist, begriffen sie, dass er nie mehr nach Büdingen zurückkehren wird."

*****

„Wir stammen aus dem Egerland", sagt Ursula

und schaut mich ernst an.

Ich nicke, weiß aber nicht, was genau sie damit meint.

„Bis zum Ende des zweiten Weltkrieges wohnten dort überwiegend Deutsche. Die Stadt Eger heißt heute Cheb und gehört zu Tschechien."

Jetzt verstehe ich. Zumindest, was die Region betrifft, aber nicht, was sie mir damit sagen will.

„Im April 1945 bombardierten Amerikaner die Stadt und legten sie in Schutt und Asche. Danach galt Eger als befreit und wir freuten uns, den Krieg überlebt zu haben. Doch wir freuten uns zu früh, denn danach ging für uns Elend und Gewalt erst los."

Das verstehe ich nicht und zucke leicht mit der Schulter.

„Tschechen scheuchten deutsche Buben, Männer und Greise aus ihren Häusern, um sie zur Zwangsarbeit in Lager zu treiben. Wer nicht schnell genug laufen konnte, wurde sofort erschossen. Mutter steckte Bernhard in Frauenkleider und verbarg ihn in der Küche."

Aber warum? Der Krieg war vorbei. Ursula und ihre Geschwister hatten niemandem etwas zu Leide getan, auch ihre Mutter nicht.

„Die Tschechen nahmen Rache an allem, was deutsch war. Es gab schreckliche Massaker in Postelberg, einer Stadt ganz in der Nähe." Ursula schluckt und bemüht sich sichtlich um Fassung. „Unsere Großeltern lebten in Saaz. Ich liebte meine Oma sehr, sie wurde ...“

„Musst du uns den Abend mit alten Geschichten verderben?“, blafft Viktor.

„Sei nicht so äbsch!“, zischt Beate streng. „Lass Ursula erzählen!“

„Ja, Ursula soll weitererzählen.“

Auch ich möchte alles hören, obwohl ich vor Entsetzen keinen Laut über die Lippen bringe.

Die alte Frau seufzt und legt ihre Hand aufs Herz.

„Meine Oma, der Opa und viele anderen wurden unter dem Beifall der Nachbarn mitten auf dem Marktplatz in Saaz erschossen, weil sie Deutsche waren.“ Ursula holt tief Luft und schaut mich ernst an. „Es war eine schlimme Zeit, die sich fest in mein Gedächtnis gebrannt hat und mich heute noch nachts überfällt.“

„Es reicht!“, schimpft Viktor. „Immer diese ollen Kamellen!“

„Ich bin noch nicht fertig“, sagt Ursula ruhig. „Im Frühjahr 1946 jagte man unsere Eltern und uns vier Kinder zusammen mit zigtausend anderen Deutschen durch die Stadt. Ich weiß noch, dass uns die Nachbarn beschimpften und bespuckten, was ich als Kind nicht verstand. Auch meine Freundin Milena stand zwischen diesen Leuten und zeigte mit dem Finger auf mich. Das wenige, was wir mitnehmen durften an Kleidung und Lebensmittel, trugen wir unter dem Arm oder in einem Sack über der Schulter. Oft entrissen uns die Gaffer das, was wir gerettet glaubten.

Man trieb uns in Viehwaggons und nach tagelanger, qualvoller Fahrt landeten wir in einem Lager in Bayern. Wir dachten, es sei nur eine Bleibe für eine kurze Zeit, denn keiner konnte sich vorstellen, dass wir niemals wieder nach Eger zurückkehren. In den „Flüchtlings"-Baracken gab es viel Schmutz, viel Hass, wenig Platz und noch weniger zu essen."

Dass es nach dem Krieg wenig zu essen gab, ist mir klar.

„Du sprichst von Hass", frage ich zweifelnd.

Ursula wischt sich kurz über die Augen und seufzt.

„Wir wurden Störenfriede, Lumpenpack und Eindringlinge genannt und waren ganz und gar nicht willkommen. Das waren zwei schrecklich lange Jahre." Ursula schnauft hörbar durch die Zähne. „Dann trat ein Gesetz in Kraft, das uns die Rückkehr in die Heimat bei Strafe verbot. Wir waren also enteignet, mussten weiterziehen und landeten schließlich hier in Büdingen. Vater baute mit Hilfe von anderen Heimatvertriebenen ein Haus und als das Haus fertig war, wurde Peter geboren." Ursula lächelt mich an. „Unsere Eltern hatten bis zum Schluss Kontakt zu den Egerländern und fuhren jedes Jahr zu deren Treffen. Anfangs war ich dabei, später nicht mehr, weil mein Mann aus Büdingen stammt und mit den *Tschechen* nichts anzufangen wusste." Sie kichert verhalten. „Hier waren wir die Tschechen und in der Heimat die bösen Deutschen."

Völlig fassungslos höre ich zu und finde keine Worte, weil dieses grauenvolle Geschehen für mich völlig neu und unvorstellbar ist. Natürlich bezweifle ich Ursulas Worte nicht. Doch wir lernten in der Schule (DDR), dass nach Kriegsende nur Männer der Wehrmacht für ihre Verbrechen bestraft wurden, dass nur Deutsche grausam und gewalttätig waren und Leid über fremde Länder und deren Menschen brachten. Dass Tschechen *nach* Kriegsende ihre Nachbarn und sogar kleine Kinder ermordeten aus dem einzigen Grund, weil sie Deutsche waren, mag ich mir nicht vorstellen. Ich habe bisher Tschechen wie Russen nur als Opfer gesehen, weil ich es nie anders hörte und mir auch nie selbst Gedanken über die andere Seite machte. Das war falsch.

Deshalb nehme ich mir vor, im Internet nach Tatsachenberichten zu forschen und notiere mir die Namen der Städte Eger, Saaz und Postelberg, um sie nicht zu vergessen.

„Peter hat viel geweint, obwohl er den Krieg

und die Vertreibung gar nicht miterleben musste. Keiner hatte Nerven und Zeit für ihn. Nur Agnes verstand, ihn zu trösten. Sie schleppte ihn überall mit hin, weshalb jeder glaubte, sie sei seine Mutter. Unsere Eltern liebten ihre Kinder, aber sie zeigten es nur in ihrer Fürsorge. Umarmungen oder gar Zärtlichkeiten gab es nicht. Alle waren verhärmt und litten unter einem Kriegstrauma, das bei den meisten bis zu ihrem Tod anhielt. Ich weiß, wovon ich rede."

„Hör doch endlich auf mit dem alten Kram!", fordert Viktor verärgert.

„Ich bin fertig", sagt Ursula und schaut zuerst Viktor und dann mich an. „Mir ist wichtig, dass du weißt, woher wir kommen, obwohl dein Vater erst hier in Büdingen geboren wurde."

Ich nicke stumm und hätte ihr gern gedankt, doch meine Kehle war wie zugeschnürt.

*****

Beate umarmt ihre Mutter und wendet sich an mich.

„Erzähle uns von deinen Eltern, von dir!", bittet sie. „Wir wollen alles wissen. War Peter bis zur Rente Schriftsetzer?"

„Schriftsetzer?", frage ich überrascht.

„Du musst lauter sprechen!", fordert Beeke. „Ich verstehe dich nicht."

„Mach deine Hörgeräte rein!", zischt ihr Mann.
Wütend schaut ihn Beeke an und faucht: „Das
mache ich nicht, weil ich damit gar nichts mehr
verstehe."
Das erscheint mir unlogisch, denn ein Hörgerät
ist dazu da, damit man besser versteht. Beeke
erklärt, dass das Hörgerät nicht nur die Stimmen, sondern auch das Klappern von Geschirr
und Stühlerücken verstärkt, was für ihre Ohren
einen unerträglichen Lärmbrei bedeutet.
„Warum könnt ihr nicht einfach laut und deutlich
reden?"
Ich verspreche, laut zu reden, obwohl ich nicht
gern meine Stimme erhebe. Ich bin eher leise
und höre lieber zu als zu sprechen.
„Ich wusste nicht, dass mein Vater Schriftsetzer
war. Er sprach immer nur von Musik. In der Mu-
sikschule Leipzig lernte er, Oboe zu spielen und
wurde recht schnell ins Jugendsinfonieorches-
ter und später Sinfonieorchester Leipzig aufge-
nommen."
„Keiner von uns spielt ein Instrument", erklärt
Beate. „Woher hat er dieses Talent?"
„Woher wohl?", tönt Viktor herausfordernd.
Was will er damit sagen?
Vater wurde im Frieden geboren und litt nicht
wie seine Geschwister unter einem Kriegstrauma. Er konnte er sich ganz anders entwickeln.
„Spielte Peters Frau auch ein Instrument?"

„Nein. Mutter sang lieber. Sie mochte die klassische Musik nicht, die Vater spielte. Sie mochte Schlager und schwärmte von Frank Schöbel."
„Den kenne ich!", ruft Astrid aus. „Der singt so schön von Liebe und Sternen."
Ich kenne seine Lieder nicht, aber ich weiß, dass er der erfolgreichste Schlagersänger der DDR ist und vermutlich heute noch singt.
„Und du? Hast du das musikalisches Talent deiner Eltern geerbt?"
Energisch schüttle ich den Kopf.

Erik und ich hören keine Musik, es gibt keine CDs und schon gar keine Instrumente, nicht einmal ein Radio in unserem Haus. Wir sitzen lieber am Computer und recherchieren. Ich informiere mich über Ausgrabungen, Erik über Architektur. Wir lieben beide die Stille.
Auch Vater mochte die Ruhe. Wenn er keine Auftritte hatte, saß er am liebsten in seinem Sessel, las die Zeitung oder ein Buch und genoss die Stille.
Doch Mutter ließ ihn nicht in Ruhe. Sie wollte ausgehen, im Gasthof bedient werden und am liebsten singen und tanzen.
„Immer bist du mit deinen Musikern unterwegs, statt mit mir auszugehen!", klagte sie. „Ich sitze allein zu Haus und langweile mich."
Das stimmte so nicht, denn Mutter hatte viele

Freundinnen, mit denen sie sich oft in einem Café traf.

Die Ursache für die Unterschiede zwischen meinen Eltern begriff ich erst, als ich erwachsen war. Sie lag in ihren Berufen. Mutter stand als Lehrerin vorn auf dem Podest und verlangte Aufmerksamkeit, während sie den Kindern die Welt erklärte oder Veranstaltungen organisierte. Vater war Teil eines Orchesters. Er spielte die Töne und Takte in genau der Weise, die von ihm verlangt wurden und fügte sich unsichtbar in ein Ganzes. Mutter dagegen stand als Solist im Mittelpunkt, sie war der Dirigent, der das Spiel leitete.

„Wann ist Peter gestorben?"
„Und woran?"
„Vor knapp drei Jahren ganz plötzlich an einem Herzinfarkt."
Ausgerechnet an Herzversagen. Mutter klagte immer, sie habe ein schwaches Herz und wird deshalb jung sterben und Vater sie um Jahrzehnte überleben. Aber sie lebt heute noch und Vater ist tot.

Ich mochte den eindringlichen Klang der Oboe nicht und verließ das Haus, wenn Vater daheim übte. Nach Vaters Tod verlangte Mutti, dass ich seinen Instrumentenschrank ausräume, weil sie das *Zeug* nicht mehr ertrug und Platz brauchte. In Vaters Schrank fand ich mehrere Kistchen, in denen er seine Oboen aufbewahrte, außerdem Etuis voller Hölzchen, Becher, Notenständer und Berge von Notenbüchern und -blättern. Ich konnte damit nichts anfangen und suchte im Internet nach Käufern.

Dabei stieß ich auf merkwürdige Berichte, dass Oboespieler angeblich früh verblöden. Verblöden! Das soll an den hohen Druckverhältnissen liegen, die beim Spielen im Kopf entstehen. Außerdem seien sie Schlaganfall gefährdet. Davon erzählte ich Mutti nichts und habe auch nicht vor, es meinen Verwandten zu sagen. Wer weiß, ob das überhaupt stimmt. Ich kenne einige Menschen, die einen Schlaganfall erlitten, aber nicht Oboe spielten.

„Nach Vaters Tod ließ sich Mutter gehen. Sie saß nur noch vor dem Fernseher und ich merkte recht spät, dass sie dement war und allein nicht mehr zurecht kam. Seit zwei Jahren lebt sie im Heim."

Mir sagte einmal ein Arzt, wer zufrieden mit seinem Leben ist, wird wahrscheinlich nicht an Demenz erkranken. Ich habe das nicht geglaubt, doch Mutti ist tatsächlich eher unglücklich als zufrieden. Sie beklagt sich oft.

„Ihr geht es gut", berichte ich weiter, „denn sie wird von den Pflegern im Heim umsorgt, wie sie es erwartet und braucht. So, wie sie es von Vater gewöhnt war, der sie hofiert und direkt angebetet hat." Ich lächle, obwohl mir Vaters Ergebenheit immer peinlich war. „Mutters Körper ist gesund, dem Alter entsprechend, nur das Hirn funktioniert nicht mehr so, wie es sollte. Sie trällert ihre Schlager und weil sie eine schöne Stimme hat, hören ihr alle gern zu." Lachend ergänze ich: „Aber sie mag es nicht, wenn jemand mitsingt."

Früher war Mutter so schlank wie ich. Heute hat sie eine unglaublich dicke Körpermitte, die auf dünnen Beinen liegt und dürre Arme. Falls ich eines Tages ebenso dick wie Mutti bin, würde ich mich genauso wie sie gehen lassen. Wozu sich verkrampfen, wenn es sich ungeniert viel leichter leben lässt? Ich würde meinen dicken Bauch unter weit wallenden Kleidern mit bunten Mustern verbergen und das Leben genießen.

Mutti war immer blond, was ich bis zuletzt für ihre natürliche Farbe hielt. Seit sie im Heim lebt und ihre Haare nicht mehr färben kann, merke ich, dass sie früher dunkles Haar gehabt haben muss. Jetzt ist es grau.

„Mutter ist laut", erzähle ich weiter. „Vater eher ruhig und ernst."

Das Ernste habe ich von ihm. Ich nehme alles ernst und bin in allem genau. Ich dachte viel über all die Worte nach, die Mutter ohne Pause daherplapperte. Sie redete und redete, ohne wirklich etwas zu sagen. Sie sagte Dinge wie: „Jetzt hast du den Faden verloren.“, weshalb ich suchte, wo dieser Faden geblieben ist. Oder: „Du musst ein Auge darauf werfen.“ Dabei musste ihr doch klar sein, dass ich niemals mein Auge auf irgend etwas werfen kann. Oder: „Ich verstehe nur Bahnhof“, obwohl ich nichts von einem Bahnhof gesagt hatte.

Erwachsene waren mir lange ein Rätsel, ich verstand sie einfach nicht. Ich verstand auch die Kinder nicht, die den ganzen Tag ohne jeden erkennbaren Grund kreischten und umherliefen. Daran hatte ich keine Freude und die Kinder nicht an mir. Deshalb war ich viel allein. Ich hatte weder Geschwister noch Freunde, mit denen ich spielen konnte. Mutti kam erst nach 19 Uhr nach Hause und erwartete, dass der Tisch fürs Abendessen gedeckt war. Vater aß selten mit uns zu Abend, weil er meist Proben oder Auftritte hatte.

Meine Mitschüler lachten mich aus, weil ich nicht einmal lügen konnte. Wozu sollte es gut sein, etwas zu behaupten, was nicht stimmt? Erst viele Jahre später begriff ich, dass niemand an der Wahrheit interessiert ist, sondern einzig an freundlicher Unterhaltung. Ich kann mich nicht unterhalten, weil ich alles ernst nehme und die falschen Fragen stelle. Leichtes geht mir nur schwer über die Lippen. Das macht mich unsicher und verwirrt mein Umfeld. Im Museum passiert mir das nicht, weil jeder meine Arbeit respektiert. Ich katalogisiere die Funde und präpariere die, die für unsere Ausstellung bestimmt sind und verfasse die Texte, damit die Besucher wissen, woher der Fund stammt, wie alt er ist und welche Bedeutung er für unsere Geschichte hat.

„Das Ernste habe ich von Vater.“
„Von welchem Vater?“, ruft Viktor dazwischen.
Irritiert schaue ich ihn an.
„Von Peter natürlich“, weist ihn Beate zurecht.
„Darüber reden wir noch“, brummt Viktor leise.
Was meint er damit? Schon zum zweiten Mal macht er solch eine seltsame Bemerkung. Er verhält sich überhaupt recht seltsam, aber jeder Mensch ist anders.
Vater konnte jeden so akzeptieren, wie er war. Er tadelte nie, weil er wusste, dass man keinen Menschen vor seiner eigenen Dummheit bewahren kann. Das kann nur sein eigener Wille. Deshalb bemühte er sich nicht, die Menschen zu verstehen. Diese Gabe habe ich leider nicht. Ich denke viel über Worte nach. Ich grüble. Vater nannte es meine schlechteste Eigenschaft.

„Was machst du so? Wie lebst du? Wie ist dein

Mann? Deine Kinder."

So viele Fragen. Ich erzähle, dass ich Archäologie studierte und im Naturkundemuseum Leipzig arbeite.

„Ist das nicht langweilig?"

Diese Frage höre ich oft, aber ich verstehe sie nicht, denn für mich gibt es nichts Spannenderes, als herauszufinden, wie die Menschen früher lebten.

„Ist man nicht schrecklich allein im Museum?"

„Ich bin gern allein, während mein Mann oft mit Politikern und Architekten zum Essen gehen muss und gern mit ihnen diskutiert. Erik ist Planungsleiter im Stadtamt."

Das scheint für meine neuen Verwandten interessanter zu sein.

„Erik treibt im Gegensatz zu mir viel Sport und fährt jedes Wochenende mit seinem kleinen Zelt hinaus in die Natur, sogar im Winter."

„Das wäre was für mich!", ruft Christer aus.

„Für mich nicht. Ich bleibe lieber daheim", sagt eine der Frauen.

„Auch ich bleibe lieber daheim", sage ich und wiederhole, dass ich gern allein bin.

„Alleinsein ist gar nicht gut", erklärt Beeke, „weil der Geist erschlafft. Ohne die Widersprüche von Gesprächspartnern bist du weniger lebhaft, weniger witzig. Man muss jeden Tag etwas unternehmen, sonst wird man zum Einsiedler."

Ich muss das nicht. Ich will auch nicht lebhaft oder witzig sein. Meine fast täglichen Unternehmungen ist das Einkaufen. Einkaufen ist meine Leidenschaft. Lebensmittel, Wein, gute Schokolade, aber auch Kleider, Taschen und Schuhe. Geldsorgen kenne ich nicht, kannte ich nie. Ich kann mir alles kaufen, wonach mir der Sinn steht.

„Mir geht es gut."

Das stimmt nicht ganz, jedenfalls im Moment, denn ich bin schrecklich müde. Es ist bereits 22 Uhr. Um diese Zeit fallen mir normalerweise die Augen zu und heute steckt mir noch die lange Autofahrt und die ganze Aufregung mit meiner neuen Familie in den Knochen. Sie verstehen zu feiern. Ich bin das nicht gewohnt, kann mich nicht mehr konzentrieren und möchte nur noch ins Bett. Aber ich wage nicht, mich als Erste zurückzuziehen, zumal ich gut zehn Jahre jünger bin als die anderen, die munter lachen und schwatzen. Nicht einmal Ursula möchte nach Hause. Sie spricht nicht viel, aber sie hört interessiert zu. Man ist auch ein guter Gesellschafter, wenn man nur zuhört.

Ich bestelle einen Kaffee und hoffe, dass er gegen meine schweren Lider hilft.


*****

Von all den vielen Geschichten bin ich derart überdreht, dass ich nicht einschlafen kann. Durch meinen Kopf huschen Bilder und vermischen sich mit all den Gesprächsfetzen und meinen Gedanken. Dabei hatte ich ungewöhnlich viel Wein getrunken, mehr aus Verlegenheit als aus Appetit. Er schmeckte einfach nicht. Das Fernsehprogramm hilft mir auch nicht, denn es zeigt nur Gerenne, Geschrei, Explosionen und Blut, was ich noch nie ertragen konnte.

## Ausflug

Am nächsten Morgen wartet direkt vor dem Hotel ein Bus auf uns, aber der Fahrer lässt uns nicht einsteigen.
„Setzen Sie bitte Ihre Masken auf!", fordert er.
„Ohne mich!", schimpft Sabine und tritt zurück.
„Das mache ich nicht! Ich bleibe hier."
„Steig ein!", bittet Beate und erklärt dem Fahrer:
„Wir sind alle miteinander verwandt."
„Ich habe meine Vorschriften und die besagen, dass ich nur Gäste mit Maske befördern darf."
Ich suche in meiner Handtasche nach meiner Maske, kann sie aber nicht finden. Vielleicht liegt sie im Hotel, doch ich kann mich nicht erinnern, sie ausgepackt zu haben.

„De blöden Deel heff ik tohuus laten", brummt Christer.

„Ich habe zwei", bietet Beeke an.

„Wer hat noch keine Maske?", erkundigt sich Beate.

Außer mir melden sich noch fünf Leute. Beate verschwindet in der Apotheke, die sich direkt neben dem Hotel befindet, und kommt mit einer Pappschachtel zurück. Darin sind zehn medizinische Atemschutzmasken verpackt. Sie reicht auch Sabine eine, doch die schüttelt energisch mit dem Kopf.

Die einen schimpfen auf Sabine und sagen, sie soll nicht so albern sein, die anderen schimpfen auf den Fahrer. Die einen finden gut, dass der Fahrer konsequent bleibt, die anderen halten ihn und seine Vorschriften für übertrieben.

„He! Wir sind eine Familie, hocken immer zusammen und wi hebbt all de gliecke Krankheit", witzelt Christer.

Er hat Recht, denn das ist eine rein private und keine öffentliche Tour.

„Die Fahrt dauert keine zwanzig Minuten", versucht Beate zu vermitteln.

„Wir sind hier nicht bei Wünsch-dir-was, sondern bei So-ist-es!", beendet der Busfahrer die Diskussion.

„Ich komme mit dem Auto nach", beschließt Sabine.

„Sie wollen in die Keltenwelt am Blauberg? Dort besteht nach wie vor Maskenpflicht", weiß der Fahrer und grinst breit.

Das wundert mich, denn seit gut einem Monat besteht die Maskenpflicht nur noch in Kranken- und Pflegeeinrichtungen, in der Bahn und dem öffentlichen Nahverkehr. Unsere Fahrt ist nicht öffentlich und das Museum keine medizinische Einrichtung. Im Leipziger Naturkundemuseum, in dem ich arbeite, wird das Tragen der Masken zwar empfohlen, ist aber keine Pflicht mehr. Allerdings gilt das nur für Besucher, wir Mitarbeiter müssen sie weiterhin tragen, obwohl man darunter nicht wirklich atmen kann. Ich bin zum Glück weniger betroffen als meine Kollegen, weil ich in einem abgeschiedenen Raum ohne Publikumsverkehr sitze. Aber ich muss mich wie alle anderen nach wie vor testen lassen, nicht mehr wie bisher täglich, sondern nur, wenn man länger als drei Tage frei hatte. Ich habe mich in den letzten zwei Jahren daran gewöhnt, weil ich schließlich arbeiten muss. Nur an die sogenannte Ghettofaust kann und will ich mich nicht gewöhnen. Sie wirkt auf mich wie ein Angriff und ist als Gruß ebenso unhöflich wie Fuß- oder Ellenbogenberührung. Wenn das Handgeben nicht erwünscht ist, lächle ich nur. Meine Kollegin grüßt, indem sie ihre rechte Hand auf die linke Körperseite legt, dahin, wo das Herz ist. Obwohl sie ihre Hand dabei zurückzieht, wirkt es nicht unhöflich, weil sie mit dieser Geste Herzlichkeit ausstrahlt. Ich werde versuchen, mir diesen Gruß ebenfalls anzugewöhnen.

„Soll ich nun fahren oder steigen noch mehr aus?", fragt der Busfahrer genervt.

„He! Wi sünd bloot zwelv Lüüd. Wi nehmt uns eenfach uns privaten Autos", schlägt Christer vor.

„Nur zu!", brummt der Fahrer. „Bezahlen müssen Sie sowieso, auch wenn ich leer fahre."

„Dann sehen wir uns im Altenstädter Gasthof zum Mittagessen", beschließt Sabine gekränkt und stapft davon, ohne die Bustür zu schließen.

*****

Von Büdingen bis zum Museum Glauberg fahren wir nur eine halbe Stunde. Unterwegs sehe ich moderne Einfamilienhäuser, die einen krassen Gegensatz zu den alten Fachwerkhäusern der Stadt bilden. Auf mich wirken die neuen Häuser abweisend mit ihren kahlen Außenwänden aus Beton. Die großen bodentiefen Fenster sind mit Rollos vor Sonnenwärme und Blicken geschützt. Den krassen Gegensatz dazu bilden schmale waagerechte Luken, durch die man nur nach draußen schauen kann, wenn man

127

sich auf die Zehenspitzen oder eine Leiter stellt. Heute richtet sich kaum jemand nach genormten Fenstergrößen, was ich sehr schade finde. Ich mag den sogenannten goldenen Schnitt, den man als harmonisch empfindet und den es sogar in der Natur gibt, beispielsweise beim Blütenstand der Pflanzen. Erik hält nichts davon, er mag es modern und praktisch, wobei ich riesige Fensterflächen und schmale Luken überhaupt nicht praktisch finde. Für meinen Geschmack passen diese neuen Häuser nicht in eine ländliche Gegend, auch wenn die Menschen hier auf dem Land modern sein und nicht am Alten festhalten wollen.


„Es stinkt!", beklagt sich Beeke und rümpft die Nase.
„Du bist auf dem Land! Hier werden die Felder gedüngt."
Aber der unangenehme Geruch verfliegt nicht. Erst am Museum merkt Beates Mann, dass der üble Gestank von seinem linken Schuh kommt, weil er wohl vor dem Einsteigen in den Bus in einen Hundehaufen getreten ist. Klaus versucht zwar, den Schuh im Gras zu säubern, aber es gelingt ihm nicht.
„Bleib draußen!", schimpft Beeke.
Aber Klaus geht in die Herrentoilette und spült seinen Schuh im Waschbecken sauber.

Die Keltenwelt am Glauberg ist ein archälogisches Museum über die keltische Zeit. Es befindet sich in einem knallroten, futuristisch wirkenden Gebäude mit einem weit vorstehenden gewaltigen Betonüberbau. Darunter bis zum Eingang hindurchzugehen kostet mich Überwindung, weil ich das Gefühl habe, der Klotz stürzt herunter und zerdrückt mich.

Im Inneren werden Ausgrabungsfundstücke aus ganz Hessen ausgestellt, darunter reich verzierter Schmuck, wertvolle Waffen, Alltagsgegenstände und Handwerksgeräte. Ich bin absolut begeistert und will mich noch einmal bei Beate für diese wundervolle Idee bedanken. Da merke ich, dass ich ganz allein in der Halle stehe. Ich hatte vor lauter Begeisterung über die wunderschönen archäologischen Funde die Zeit vergessen. Alle anderen stehen bereits am Bus und warten ungeduldig auf mich.

„Unser Tisch ist für 12:30 Uhr bestellt", drängt Beate. „Wenn wir uns verspäten, wird der Platz vergeben."


*****


Im Gasthof in Altenstadt sitze ich neben Sabine. Sie sucht wohl deshalb meine Nähe, weil sie wie ich ohne ihren Mann hier ist. Ich bedaure sehr, dass Erik mich nicht begleitet hat.

Sabine ist schwer einzuschätzen. Sie hält ihren Kopf stets leicht gesenkt und schaut von unten auf ihr Gegenüber. Das wirkt misstrauisch und zugleich ein wenig böse.

Sie bestellt *Äbblwoi.*

„Was ist das?"

„Apfelwein. Ein Fruchtwein, der aus säuerlichen Äpfeln gekeltert und vergoren wird, das hessische Nationalgetränk."

„Alkohol?"

Sabine nickt erst mir und dann dem Kellner zu, als er ihr ein großes geriffeltes Glas hinstellt, das nicht im entferntesten an ein Weinglas erinnert.

„Vom Wenzel?"

„Klar. Ich schenke nur heimisches aus."

„Der Wenzel ist in der Gegend der bekannteste Äbblwoihersteller. Er keltert ihn aus eigenem Obst."

Apfelwein kenne ich nicht, nur Apfelsaft. Für mich muss Wein aus Trauben gemacht sein. Ich trinke gern Wein, auch wenn ich kein Kenner bin. Mich wundert immer, wenn diese „Kenner" Erdbeeren oder Feigen herausschmecken, obwohl keine dieser Früchte im Wein sind.

„Hier in der Gegend gibt es in den Gasthöfen kein Bier, sondern Apfelwein aus dem Fass."

Auch das hatte ich noch nie zuvor gehört.

„Was machst du so?", frage ich Sabine.

Sie schaut zur Seite, weil sie vermutlich meine Frage nicht gehört hat bei all dem Lärm im Gastraum. Ich sollte mir wirklich angewöhnen, lauter zu sprechen. Darum haben mich schon viele gebeten. Doch wenn ich lauter rede, hebe ich automatisch meine Stimme, was sich gleich streng und ungeduldig anhört.

Sabine dreht sich hektisch zu mir um und wirkt gehetzt.

„Ich helfe Lukas, meinem jüngeren Sohn, in seinem Getränkehandel." Sie verzieht den Mund. „Ein Knochenjob. Weil ich die schweren Kästen schleppen muss, tut mir ständig der Rücken höllisch weh."

Wie zum Beweis beugt sie sich mit schmerzverzerrtem Gesicht nach vorn und betastet mit den Händen ihren Rücken. Mitfühlend nicke ich.

„Wohnst du auch in Büdingen?"

„Ja, im Haus meiner Schwiegereltern."

„Klappt es gut mit der bösen Schwiegermutter?"

Das war keine wirkliche Frage, sondern eine ziemlich dumme Bemerkung, die gar nicht zu mir passt. Sofort habe ich das Gefühl, in ein Wespennest gestochen zu haben, denn Sabine kneift Augen und Lippen zu und wirkt verärgert.

„Jürgens Mutter ist noch zu ertragen, aber sein Vater ist ein Scheusal."

„Was meinst du mit Scheusal?“, frage ich entsetzt.

„Sobald der Alte mich sieht, flucht er und beschimpft mich.Dem gehe ich so gut ich kann aus dem Weg. Das ist nicht leicht, weil er seine Tür immer offen lässt oder vor dem Haus auf seiner Bank sitzt. Ich muss an ihm vorbei, wenn ich in unsere Wohnung will. Wir wohnen direkt über ihnen und die hören jeden unserer Schritte, obwohl wir Teppiche auf die alten Dielen legten“

Das klingt gar nicht gut. Aber ich frage nicht nach. Sabine erzählt auch so weiter.

„Ich bin die falsche Frau für seinen einzigen Sohn und mache alles falsch. Auch jetzt noch nach vierunddreißig Ehejahren. Ich sei ein Erbschleicher und hätte es auf das Haus abgesehen. Ausgerechnet! Dabei wollte ich gar nicht in diese alte Hütte einziehen, weil Jürgens Eltern am Stadtrand leben. Dorthin fährt kein Bus, es gibt keine Geschäfte und ohne Auto ist man erschossen. Am Anfang gab es nicht einmal ein Bad im Haus. Stell dir das mal vor! Das ist doch kein Leben! Und das mit zwei kleinen Kindern. Ich sei maßlos, weil ich ein Bad wollte und eine eigene Küche mit einem Elektroherd; statt auf dem Kohleofen in der Küche der Schwiegereltern zu kochen.“

Mutti musste anfangs auch auf einem Herd kochen und im Winter täglich den Stubenofen mit Kohlen heizen. Daran erinnere ich mich nicht gern, weil ich immer die Asche nach draußen tragen musste. In einen fernbeheizten Neubau zogen wir erst, als ich bereits acht Jahre alt war. Aber so war das damals.

„Der Alte verbot meinen Jungs, draußen vor dem Haus zu spielen, weil sie seinen schönen Rasen zertrampeln." Sabine verdreht genervt die Augen. „Aber drinnen waren sie dem alten Griesgram auch zu laut und trugen Dreck ins Haus. Dabei hat nicht er geputzt, sondern ich."

„Hast du das vorher nicht gewusst? Oder war keine andere Wohnung zu bekommen?"

Meine Eltern mussten acht Jahre auf die Zuweisung für eine Wohnung warten. Sicher war es hier nicht anders als in der DDR.

Sabine schaut mich erstaunt an. Sie versteht meine Frage nicht.

„Wir wohnten fünf Jahre mit den Jungs in einer schönen großen Wohnung in Altenstadt."

„Hier im Ort?"

Sabine nickt.

„Hier gibt es einen Kindergarten, eine Schule, eine Kirche und mehrere Läden. Die Wohnung hatte hundertdreißig Quadratmeter, eine riesige Wohnküche, zwei Kinderzimmer, Bad und Balkon. Rings um das Haus standen Apfelbäume, auf die die Jungs klettern durften. Der Vermieter ließ die Jungs sogar auf seinen Pferden reiten.“

„War das nicht gefährlich?“

„Aber nein! Er war doch dabei.“

„Aber warum seid ihr zu den Schwiegereltern gezogen?“

„Mein Mann wollte das unbedingt. Es ist sein Elternhaus, das er mal erben wird.“ Sabine lächelt gequält. „Jürgen findet alles gut und richtig, was seine Eltern sagen und erwartet, dass ich für sie einkaufe, ihre Wäsche wasche und für sie koche. Als ob ich sonst keine Probleme hätte!“ Sie runzelt die Stirn und seufzt. „Mir ist das alles zu viel, aber Jürgen meint, es sei kein Aufwand, weil ich schließlich auch für uns einkaufe, koche und wasche.“

Theoretisch hat er wohl Recht, doch praktisch ist das nicht so einfach, wenn man zwei kleine Kinder und zwei undankbare alte Leute versorgen muss.

„Anfangs sah ich das nicht ein, weil seine Eltern damals noch nicht so alt waren. Aber schließlich habe ich mich gefügt. Ich habe mir viel Mühe gegeben, aber ich konnte ihnen nichts recht machen. Die Wäsche ist nicht korrekt gebügelt und gefaltet, mein Essen schmeckt nicht.“ Sabine kichert. „Dabei lassen sie nichts auf dem Teller zurück. Angeblich nur, weil man Lebensmittel nicht wegwirft.“ Wieder lacht sie und rollt

mit den Augen. „Als Jürgen befördert wurde, gab es eine große Feier. Jeder gratulierte ihm, nur ich konnte mich nicht dazu überwinden. Was hatte ich davon? Es bedeutet, dass er länger arbeiten muss und die Gehaltserhöhung für teure Anzüge drauf geht. Männer wollen immer gelobt werden. Und ich darf weiter das Dienstmädchen sein. Nein, ich wollte endlich wieder arbeiten gehen und mein eigenes Geld verdienen. Die Jungs waren groß genug und vormittags in der Schule. Seitdem koche ich abends. Das ist den Alten auch nicht recht, weil es die warme Mahlzeit zum Mittag geben muss. Also bestelle ich für sie Essen auf Rädern, was sie für rausgeschmissenes Geld halten. Dabei ist es nicht deren Geld, weil ich das Essen bezahle, denn ich habe es schließlich bestellt. Jürgen sagt, dass ich seinen Eltern verpflichtet bin, weil sie uns in ihrem Haus wohnen lassen. Großzügig ist das nicht, denn wir versorgen sie und zahlen für den alten Kasten auch noch Miete."
„Warum bist du nicht einfach ausgezogen?"
„Tja, warum? Dann hätte ich Jürgen verlassen müssen, denn er wäre auf jeden Fall in dem Haus geblieben. Die alte Hütte ist sein Elternhaus, das er erben wird." Sabine denkt nach. „Ich dachte nicht, dass es so lange dauert."
„Was dauert lange?"

„Jürgens Mutter ist achtundachtzig Jahre alt,
sein Vater bereits neunzig. Vermutlich werden
sie noch hundert und ärgern mich weiter."
Sabine lacht ihr bitteres Lachen, aber dieses
Mal lache ich mit.
„Außerdem, was sollte eine Trennung bringen?
Freilich habe ich darüber nachgedacht, aber
nicht lange. Ich müsste mir eine eigene Wohnung suchen und eine Arbeit, die so gut bezahlt
wird, dass ich gut davon leben kann. Ich habe
Buchhalter gelernt, aber das ist nichts, was mir
Freude macht und gut bezahlt wird. Und was
wäre aus den Jungs geworden? Mitnehmen
konnte ich sie nicht, weil ich dann eine größere
Wohnung gebraucht hätte. Jürgen hätte mich
im Leben nicht unterstützt. Er hätte mir eher
das Leben zur Hölle gemacht, gleichgültig, wo
ich mich versteckt hätte."
„Ein neuer Mann?", necke ich.
„Ach, da käme ich nur vom Regen in die Traufe.
Also warten und aussitzen."
„Wie bitte?"
„Ich habe mir damals gesagt, dass das Ganze
nicht ewig dauert. Die Jungs werden älter und
eines Tages ausziehen und die Alten irgendwann sterben. Warum also sollte ich mir zusätz-
liche und unnötige Probleme schaffen?"
Ist Sabine gefühlskalt? Oder denkt sie einfach
nur praktisch.

„Die zwei Alten gehen kaum noch vor die Tür. Sie sitzen den lieben langen Tag in ihrem Sessel am Fenster und beobachten die Leute, die am Haus vorbei gehen. Ich muss sie von vorn bis hinten bedienen. Wenn sie eine Pflegestufe hätten, bekäme ich wenigstens ein paar Euro für diese tägliche Mistarbeit. Von denen kommt nicht einmal ein Dank. Sie sagen, ich sei zur Hilfe verpflichtet, weil ich Jürgens Frau bin."
Mir tut Sabine leid. Wie sie es auch dreht und wendet, sie kommt nicht aus diesem Teufelskreis heraus.
„Warum ist dein Mann nicht hier beim Familien-Treffen?", lenke ich ab. „Schon gestern Abend war er nicht dabei. Muss er arbeiten?"
Viele Leute müssen am Wochenende arbeiten. Jeder vierte arbeitet in Deutschland samstags und jeder achte sogar sonntags. Auch unser Museum ist an Sonn- und Feiertagen geöffnet.
„Nein, ausnahmsweise muss er an diesem Wochenende nicht arbeiten."
„Was macht er denn?"
„Er bedient Automaten in einer Druckerei und arbeitet in Schichten von Montag bis Samstag, meist auch an Feiertagen. Deshalb nennt er die Firma Rammelbude."
Meines Wissens gibt es strenge Gesetze, die die Arbeitszeiten regeln. Aber damit kenne ich mich nicht so gut aus.

„Dazu kommt die tägliche Fahrt von einer vollen Stunde pro Strecke. Blöd ist, dass wir nur ein Auto haben und ich nur einkaufen fahren kann, wenn Jürgen keinen Dienst hat.“

Sabine sagte, dass sie weit außerhalb wohnen, wohin kein Bus fährt. Plötzlich schlägt sie sich mit der Hand gegen die Stirn, als sei ihr etwas eingefallen.

„Was rede ich denn da? So ein Unsinn! Jürgen arbeitet seit einem halben Jahr nicht mehr.“

Darüber muss ich lachen, weil sie offenbar vergessen hat, dass ihr Mann inzwischen Rentner ist.

„Aber warum fehlt er beim Familientreffen?“

„Ach, er mag keine Gesellschaft, er hockt lieber vor dem Fernseher. Außerdem … er kann nicht mehr so, wie er will, hat sich kaputt geschuftet.“ Sabine seufzt. „Zumindest kann ich dabei sein.“ Ich nicke.

„Er mag nicht, wenn ich ausgehe. Die Frau gehört ins Haus und soll sich nicht in der Gegend herumtreiben.“

„Sagt er das?“, frage ich fassungslos.

„Er sagt noch ganz andere Dinge. Ich darf nur deshalb hier sein, weil das Treffen in Büdingen stattfindet. Eigentlich soll ich zum Abendessen daheim sein, aber ich habe ihm Brote gerichtet und sein Bier hingestellt. Das wird gehen.“

„Er verbietet dir, deine Familie zu sehen?“, rufe

ich aus.

Sabine zuckt mit der Schulter.

„Als sich die Familie in Flensburg traf, musste ich daheim bleiben. Das ist mir recht schwer gefallen. Wenn ich nach Frankfurt fahre, muss ich das heimlich machen, das darf er nicht wissen."

„Warum lässt du dir das gefallen?"

„Ich will keinen Ärger daheim."

Wenn man jedem Ärger aus dem Weg geht, wird sich nie etwas ändern. Aber sich fügen ist bequemer als jede Auseinandersetzung. Ich weiß das, denn auch ich streite nicht. Ich würde eher fortlaufen, als um mein Recht zu kämpfen. Bei Erik muss ich nicht kämpfen. Er würde mir nie das Ausgehen verbieten. Allerdings verspüre ich keine auch Lust zum Ausgehen, schon gar nicht allein. Doch mit wem sollte ich ausgehen? Meine Kollegen sehe ich täglich im Museum, Freunde habe ich nicht und außer Mia und meiner Mutti keine Familie. Jetzt ist das anders, jetzt habe ich eine große Familie und könnte sie besuchen, wann immer ich möchte.

Man sollte seinen Partner nicht einengen. Man sollte ihn verstehen. So wie ich Erik verstehe, wenn er am Abend ausgehen oder an den Wochenenden in freier Natur zelten will.

„Nach großer Liebe klingt das nicht", wende ich ein.

„Mit dem romantischen Kram bin ich durch. Die Ehe ist ein Geschäft wie jedes andere. Man hält sich an Verträge und übernimmt die Verantwortung für bestimmte Aufgaben wie Kinder und Haushalt. Jürgen hatte seine Arbeit und ich die Kinder und nach wie vor seine Eltern." Sabine zuckt mit der Schulter. „Man arrangiert sich."
Das klingt verbittert, vom Leben enttäuscht.
Mürrisch ergänzt sie: „Jürgen war schon immer schwierig, aber jetzt ..." Sie seufzt. „Er geht seit vier Monaten überhaupt nicht mehr vor die Tür."
„Warum?"
„Das Gehen fällt ihm schwer nach seinem zweiten Schlaganfall."
„Er hatte einen Schlaganfall?", wiederhole ich erschrocken.
„Ich sag doch, er hat sich kaputt geschuftet. Er schimpft den ganzen Tag, aber ich verstehe sein Gebabbel nicht."
Irritiert schaue ich Sabine an.
„Sein Hirn ist durch den Schlag zu einem Drittel verkalkt, weshalb er nicht die richtigen Worte findet und sie obendrein verkehrt ausspricht. Er verdreht die Silben, verstehst du?"
Ich nicke betroffen.
„Wenn ich sein Gestammel nicht verstehe, wird er wütend."
Auch das noch!
„Trotzdem schlürft er durchs Haus und kritisiert,

was ich anders machen muss, damit es funktioniert. Dreißig Jahre lang hat ihn der Haushalt nicht interessiert und wie ich ihn mit den Kindern und seinen Eltern bewältigte und nun nervt er mit seinen schlauen Ratschlägen. Da ist es leichter für mich, schwere Bierkästen zu schleppen, als mich daheim von Jürgen und den Alten scheuchen zu lassen."

Zum Scheuchen gehören immer zwei: einer, der scheucht und einer, der sich scheuchen lässt. Aber nach dreißig Ehejahren ist das Miteinander festgefahren und wohl nicht mehr zu ändern.


„Du glaubst nicht, was ich kurz nach Jürgens letzter Operation im Krankenhaus erlebte!"

Ich rechne mit einer unangenehmen Geschichte über Krankheiten und medizinische Eingriffe, was ich überhaupt nicht mag. Ich höre gern zu, doch lieber angenehmen Geschichten, die nicht so düster sind wie die von Sabine. Außerdem möchte ich mich endlich auch mit den anderen unterhalten.

Doch Sabine ergreift meinen Arm und kichert. Irritiert schaue ich sie an, denn es war sicher nicht lustig, als ihr Mann nach einer Operation im Krankenhaus lag.

„Ich brachte ihm frische Wäsche und sah seine Taschen durch. Dabei fand ich den Geldbeutel.

Stell dir vor, da waren hundertfünfzig Euro drin! Wozu braucht er im Krankenhaus so viel Geld? Ich nahm es an mich, auch seine Papiere, die Kreditkarten und den Hausschlüssel. Nur zehn Euro und das Krankenkärtchen ließ ich ihm." Wieder kichert sie und schüttelt gleichzeitig den Kopf. „Was glaubst du, was danach passierte?"
„Er wurde wütend und du hast großen Ärger bekommen."
„Ach, er hat es gar nicht gemerkt. Aber kaum war ich weg, wurde er zu einer Untersuchung gefahren." Sabine zwinkert mir zu. „Genaa in der Schdunn hod mer dem sei Tasch gestohle", sagt sie im Dialekt und klopft belustigt auf den Tisch. „Aber s Geldsäckle war leer."
Wieder lacht sie und ich lache mit.
Mir wurde vor einigen Jahren ebenfalls mein Geldbeutel gestohlen. Das fehlende Geld war nicht so tragisch wie die unglaubliche Rennerei, Ausweis, Führerschein, Krankenkärtchen, Kredit- und Bankkarten neu zu beantragen.

„Verstehst du dich gut mit deinen Söhnen?", frage ich interessiert.
„Wie?" Sabine zuckt resigniert oder gleichgültig mit den Schultern. „Sie sind erwachsen, haben endlich ihr eigenes Leben und ich meine Ruhe. Wenn Früchte reif sind, gehören sie vom Baum."

Das klingt philosophisch, fast poetisch, aber auch kalt. Ich habe Mia gern bei uns, höre sie oben hin und her gehen und freue mich, wenn sie mit uns zu Abend isst. Jetzt ist sie fünfundzwanzig und noch zu jung für eine eigene Familie. Sie sollte nicht den gleichen Fehler machen wie ich und zu früh schwanger werden. Das geht nicht immer so gut aus wie bei mir. Sie sollte sich amüsieren und ihre Jugend und Freiheit genießen.

„Der Große meldet sich gar nicht, dafür sehe ich den Kleinen täglich, wenn ich seine Bierkästen schleppe", erklärt Sabine. „Jürgen und sein Vater waren immer sehr streng zu den Jungs, direkt grob. Darunter haben sie sehr gelitten und zogen bereits mit gerade mal achtzehn Jahren aus. Trotzdem halten sie heute zu ihrem Vater und Opa, nicht zu mir." Sabine zuckt resigniert mit der Schulter. „Da kann man nichts machen."

*****

Der Bus bringt uns zurück nach Büdingen und

143

der Fahrer lässt uns direkt am Schloss ausstei-
gen. Dort wartet bereits eine Frau in einem
altertümlichen Kostüm, eine Art derbes weißes
Nachtkleid mit passender Haube, dazu eine
braune Schürze und ein brauner Leinenbeutel.
Sie stellt sich als Kunigunde vor und kündigt
eine Führung durch die Altstadt von fast zwei
Stunden an.

„Das Schloss trägt den Grundriss eines drei-
zehnseitigen Vielecks und wurde im 12. Jahrhundert als Wasserschloss erbaut. Es wird bis
heute von der Fürstenfamilie bewohnt und kann
auf Wunsch besichtigt werden."

Aber wir gehen nicht hinein, sondern an der
zwei Kilometer langen, beeindruckenden Stadt-
mauer mit etwa zwanzig dicken Rundtürmen
entlang, die die Altstadt wie eine Festung um-
schließt. Die Frau führt uns zu zwei mächtigen
Türmen aus rotem Sandstein, die durch einen
Bogen verbunden sind.

„Das Untertor wird im Volksmund Jerusalemer
oder Kreuztor genannt und bildet den Hauptzu-
gang zur Altstadt. Es ist heute Büdingens Wahr-
zeichen und beherbergt ein Museum für Sandrosen und andere geologische Kostbarkeiten."

Sandrosen? Das interessiert mich sehr, zumal
man diese Wunder der Natur nur selten sieht.
Ich möchte sofort hinein. Leider ist dies nicht in
der Stadtführung inbegriffen und morgen öffnet

das Museum erst 14 Uhr, wenn ich längst auf der Autobahn Richtung Leipzig unterwegs bin.

„Der jüdische Friedhof ist eine Besonderheit, denn hier ist die Erdbestattung vorgeschrieben und die dauerhafte Totenruhe. Bei uns haben Erdgräber eine Ruhezeit von maximal dreißig Jahren, bei Urnengräbern ist sie auf zehn bis zwanzig Jahre begrenzt."

Das wusste ich nicht. Ich wusste nur, dass es in Leipzig drei Israelitische Friedhöfe gibt, von denen der älteste nicht mehr betrieben wird. So breiten sich wohl die jüdischen Friedhöfe immer weiter aus, wenn keine Gräber entfernt werden dürfen. Außerdem glaube ich, dass auf den Leipziger Israelitischen Friedhöfen nicht nur Juden begraben sind, da die Bevölkerung Israels nur zu 75 Prozent dem jüdischen Glauben angehört und davon nur etwa zehn Prozent strenggläubig orthodox.

„Die Büdinger Altstadt gehört zu den schönsten mittelalterlichen Stadtanlagen Deutschlands."

Das glaube ich sofort, wenn ich die vielen gut erhaltenen Fachwerkhäuser sehe. Hier wurde im Krieg nichts zerstört. Besonders das gotische Rathaus beeindruckt mich und ich mache für Erik viele Fotos.

Mir gefällt Büdingen. Und mir gefällt auch, dass die Frau witzige Geschichten in Mundart einfügt (uff Hessisch babbeld), obwohl ich leider nicht alles verstehe und nicht immer weiß, warum die anderen lachen.

Ganz begeistert bin ich von der Marienkirche, deren riesiger Bau das Stadtbild prägt. Sie ist wie die meisten evangelischen Kirchen angenehm schnörkellos. Als wir sie betreten, spüre ich sofort die kühle Luft in der großen Halle. Dieses kalte Gefühl befällt mich bei jeder Kirchenbesichtigung. Das liegt nicht an meiner Abneigung gegen Kirchen, sondern an der tatsächlichen Temperatur, die absichtlich so tief gehalten wird. Benutzte Kirchen dürfen nicht wärmer als sechzehn Grad sein, weil dies sonst zu erheblichen Schäden am Bauwerk und den Kunstgegenständen aus Holz wie den Altar führt. Unbenutzte Kirchen sind sogar nur acht Grad kalt. Ich entdecke keine Skulpturen, auch der Altar ist schmucklos.

Die Stadtführerin weist auf eine Spendenkiste hin, in der Gelder für die Sanierung der Orgel gesammelt werden. Hat die Kirche das nötig? Nichts und niemand ist so reich wie die Kirche. Die katholische und evangelische Kirche besitzen ein Milliardenvermögen und erhalten zusätzlich noch Leistungen vom Staat. Trotzdem sammeln sie Spenden.

Erik will immer wissen, wann und in welchem Stil Kirchen gebaut wurden. Ich halte das auch für wichtig. Doch in Dokumentationen erwähnt man derartige Daten nur kurz und hält sich stattdessen lange an der Bibelgeschichte auf, die an den Wänden mit immer den gleichen Bildern über die Jünger, Maria mit dem Kind und den schaurig gekreuzigten Jesus aufgemalt sind. Ich mag keine Gruselbilder.

Die Stadtführerin spricht lange über das Fresko des jüngsten Gerichts über dem Triumphbogen und noch länger über das Grabmal eines Grafen und ergießt sich dann in einer langen und schwülstigen Rede über Gott, die Heiligen und Jesus, der für die Sünden der Menschen am Kreuz starb.

Für uns gestorben? Es gibt einige Theologen, die dieses Opfer inzwischen anzweifeln. Sollte es tatsächlich eine göttliche Macht geben, so hat sie weder mit der christlichen noch mit einer sonstigen Kirche etwas zu tun.

Die Frau behauptet, die Bibel sei bis heute das Buch der Bücher, *der* wahre Bestseller auf dem Büchermarkt, der in mehr Sprachen übersetzt wurde als irgendein anderes Werk der Weltliteratur. Das mag sein, doch Goethe hält die Bibel für das *unstreitig gefährlichste aller Bücher.* Da ich nicht christlich erzogen wurde und von Religionen keine wirkliche Ahnung hatte, kaufte ich mir die Bibel. Doch das Lesen hielt ich nicht lange durch, weil mir diese Lektüre zu grausam war. Viel zu oft geht es um Mord an Unschuldigen, was ich einfach nicht ertrug.

*Keine Religion der Welt hat der Menschheit mehr Blut und Tränen gekostet als die christliche, keine hat mehr Verbrechen der scheußlichsten Art veranlasst.* (August Bebel)

Deshalb sind für Erik und mich Kirchen nur interessante Bauwerke und ansonsten ein Ort, wo sich organisierte Gemeinschaften verschiedener Glaubensrichtungen treffen. Es gibt viele Religionen, aber nur eine Moral. Heute ist niemand mehr auf das Wort eines Priesters angewiesen, heute gibt es das Internet, wo man sich umfangreich und allseitig informieren kann. Und doch fällt mir auf, dass sich Sabine bekreuzigt und es ihr einige andere nachtun. Das hätte ich nicht erwartet.

„Interessierte können an zahlreichen, thematisch unterschiedlichen Erlebnisführungen teilnehmen oder auch individuell buchen", sagt die Frau zum Abschluss der Führung und verteilt kleine Becher mit Äbblwoi (Apfelwein), der herb bis sauer schmeckt und fast ungenießbar ist.

„Das hat Beate allein für dich organisiert", sagt Viktor. „Wir anderen kennen schließlich dieses Kaff."

„Auch ich kenne meine Heimatstadt gut, trotzdem war ich neulich bei einer Stadtführung sehr erstaunt, wie viel ich über Leipzig nicht wusste und noch nie zuvor gesehen hatte."

Viktor brummt kurz und gesellt sich wieder zu den anderen. Ich habe das Gefühl, dass ihm etwas auf dem Herzen liegt, das er mit mir besprechen möchte, aber nicht weiß, wie er es anfangen soll.


## Das Kochbuch

Am Abend sitzen wir beim Italiener. Auf unserem langen Tisch stehen Platten, die üppig mit Antipasti gefüllt sind: Salamischeiben, Parmaschinken, Fleischspezialitäten, marinierte Fische, Meeresfrüchte, verschiedene Käsesorten, eingelegtes Gemüse und warmes, knuspriges Brot. Ich mag diese vielen kleinen Vorspeisen sehr.

Viktors Frau – ich kann mir leider ihren Namen nicht merken; Ilka oder Inka oder Ira – steht auf und mir weht ihr aufdringlich süßer Parfümduft entgegen, obwohl drei Leute zwischen ihr und mir sitzen. Sie hält ein Buch hoch.

„Ich habe ein Kochbuch geschrieben", verkündet sie stolz und reicht es herum. „Darin geht es um schnelle und vor allem gesunde Küche."

Das klingt schon mal gut, denn wenn ich wirklich mal koche, muss es schnell gehen und darf nicht kompliziert sein.

*Victorias Easy Low Carb – Eat healthy!* lese ich

auf dem Titelblatt. In der Mitte prangt ein Bild von einem überdimensionalen dunklen Burger, der mit Salatblättern, einem dicken Fleischstück und einer Tomatenscheibe gefüllt ist, am Rand läuft Käse herunter. Zusammengehalten wird das Ganze von einem Holzstab. Das sieht sehr dekorativ aus, aber wie soll man das essen?

Health ist Englisch und heißt Gesundheit. Doch Inka-Ira raucht sehr stark. Jede Stunde geht sie vor die Tür und raucht. Gesund ist das nicht. Sie sagt, der frühere Bundeskanzler Helmut Schmidt rauchte drei bis vier Schachteln Zigaretten pro Tag und wurde fast hundert Jahre alt. Von gesunder Küche reden, schreiben und Fotos machen ist einfacher, als gesund zu leben. Außerdem bin ich davon überzeugt, dass das Rauchen den Geschmackssinn ebenso verdirbt wie das starke Parfüm den Geruchssinn.

„Victoria?", fragt Sabine. „Du heißt gar nicht Victoria!"

„Künstlername", antwortet sie knapp, „ausgehend von Viktor." Sie zeigt auf ihren Mann. „Viktoria bedeutet Siegesgöttin."

Sabine kichert und erntet einen herablassend strengen Blick von Victoria.

„Wie heißt sie eigentlich richtig?", frage ich leise Beate.

„Ilme. Seltsam, nicht wahr?"

Ich nicke und versuche, mir den Namen einzuprägen. Als Eselsbrücke merke ich mir Ulme, ein Laubbaum, den ich sehr gern mag.

„Sind die Rezepte auf Englisch?", erkundigt sich Beate.

„Wieso?", fragt Ilme. „Natürlich nicht."

„Aber der Titel ist Englisch."

„Na und? Low Carb ist ein fester Begriff, der jedem geläufig ist, Healthy ebenfalls und Easy sowieso." Hochmütig verkündet sie, dass wohl jeder weiß, dass man bei Low Carb auf Brot, Nudeln, Milch und Zucker verzichtet. Ich wusste das allerdings nicht und möchte sowieso nicht auf Brot und Zucker verzichten und hier beim Italiener erst recht nicht auf Nudeln.

„Aber auf dem Titelbild ist ein Brötchen", bemerkt Sabine.

„Das sind Keta-Brötchen, die mit neunzig Prozent weniger Kohlehydraten auskommen."

„Was für Brötchen?"

„K-e-t-a! Man kann sie fertig kaufen, aber auch leicht selbst backen. Kaufe dir mein Buch und schon bist du schlauer!"

Ich blättere im Kochbuch. Die Fotos sehen allesamt appetitlich, aber auch kompliziert aus. Die recht ungewöhnlichen Zutaten könnte ich in Leipzig zwar leicht beschaffen, aber so schnell und einfach wie Ilme sagt, scheinen mir die Rezepte nicht. Zum Beispiel würde ich die mit Reis und Gemüsebrei gefüllten Zucchinischeiben nicht so ansprechend wie auf dem Foto zusammenbasteln können.

„Meine letzte Lesung war hervorragend gut besucht. Jeder wollte mein Kochbuch kaufen. Ich dachte schon, sie reichen nicht."

Was liest man aus einem Kochbuch vor? Die Rezepte? Ich war noch nie auf einer Lesung, weil ich erstens selbst lese und mich zweitens nicht für Literatur interessiere. Doch ein Kochbuch ist auch keine Literatur.

Ilme trägt eine sogenannte Künstlerfrisur mit Stirnfransen, die mit Gel nach oben und zur Seite stehen. Das soll flott und unkompliziert wirken, sieht für mich aber nur ungekämmt aus. Ansonsten ist Ilme eine auffallend attraktive Frau, die die Blicke der Männer anzieht. Nur Viktor scheint sie nicht zu bemerken. Er spricht nicht mit ihr, legt nie den Arm um ihre Schultern und schaut nicht, ob ihr etwas fehlt.

Beate hört Ilme interessiert zu, Beeke zeigt sich begeistert und kauft das Buch für 33,50 Euro, auch Haukes Frau kauft eins. Mir ist es zu teuer und außerdem möchte ich nicht auf Brot und Nudeln verzichten und koche sowieso höchst selten.

„Mit so was brauche ich Jürgen gar nicht zu kommen und den Schwiegerleuten erst recht nicht", verkündet Sabine.

„Mir gefallen die Fotos", gesteht Beeke. „Ich

würde gern so gesund essen."

„Warum machst du es dann nicht?"

„Weil ich nicht koche. Das macht bei uns Christer. Und der kocht typisch Dänisch."

„Gesund eben", ergänzt Christer. „Meist gibt es Fisch."

„Das wäre nichts für mich", sagt Sabine.

„Was ist denn ein typisch dänisches Essen?", will ich wissen.

„In Butter gebratene Scholle oder Dorsch, dazu Kartoffeln und Kohl oder Wurzelgemüse oder gebratenen Schweinebauch und mittags Smörrebröd."

„Knäckebrot?", vermute ich.

„Nein, Smörrebröd sind aufwändig belegte Butterbrote, herzhaft mit Lachs, geräuchertem Hering, Lachs, Garnelen, Tatar, Leberpastete oder auch gern Süßes. Und alles natürlich hübsch dekoriert."

Das klingt gut, denn Brot und Fisch esse ich gern. Das sind einfache Mahlzeiten, die satt machen und ich ohne großen Aufwand zustande bringe.


„Huch!", ruft Ilme aus und springt auf. „Ich muss los!"

„Wo willst du hin?"

„Laufen! Ich muss unbedingt eine Runde laufen."

„Jetzt? Wir unterhalten uns gerade so schön",
klagt Sabine.
„Mein Schrittzähler mahnt, dass mir dreitausend Schritte fehlen. Eigentlich noch mehr, weil
ich heute viel zu viel gegessen habe."
Sagt's und läuft eilig nach draußen. Sabine
greift sich an den Kopf.
„Die spinnt ja!"
Insgeheim stimme ich Sabine zu, denn erstens
renne ich nicht, zweitens würde ich dafür nie
die Gesellschaft verlassen und drittens scheint
mir diese Hatz nicht gesund, sondern eher wie
eine Sucht.

Dieters Freundin lächelt still. Sie lächelt viel. Ich
weiß nicht, ob sie verlegen oder schüchtern ist
oder nur Abstand will. Meist daddelt sie auf
ihrem Handy und wirkt dabei wie eine Schülerin
und nicht wie die Freundin eines bekannten Anwalts. Dieter ist Wirtschaftsprüfer, Steuerberater und Partner im Büro Frankfurt. Die Kanzlei
arbeitet international. Er kehrt sein Wissen nicht
nach außen, sondern unterhält uns mit netten
kleinen Geschichten über schwierige Mandanten und ungewöhnliche Immobilienaufträge, vor
allem in Russland.
„Du sprichst Russisch?", frage ich.
Mutti lernte diese Sprache in der Schule, dafür
kein Englisch. Ich hätte im Gymnasium eben

falls Russisch lernen können, was ab der achten Klasse als Wahlfach angeboten wurde. Aber ich blieb bei Englisch und Latein und ab der sechsten Klasse Französisch.

„Leider nicht", bedauert Dieter. „Ich vertraue darauf, dass alle Welt Englisch spricht", ergänzt er lachend und klopft plötzlich an sein Glas.

Alle schauen ihn an.

„Ihr glaubt nicht, wen ich vorgestern im Supermarkt traf."

Dieter erhebt sich von seinem Stuhl und genießt sichtlich die volle Aufmerksamkeit.

„Wen denn?"

„Nun rede schon!"

„Volker!", verkündet er und schaut triumphierend in die Runde. „Den Aussteiger."

„Wie geht es ihm?"

„Was macht er so?"

„Warum ist er nicht hier?", rufen alle durcheinander.

„Aussteiger, das sagt der Richtige", flüstert mir Sabine zu. „Dieter hat sich selbst zwanzig Jahre lang nicht blicken lassen, nicht bei mir, nicht bei Mutter oder sonst jemand aus der Familie."

Es ist leicht, die Fehler der anderen zu sehen, aber schwierig, die eigenen zu erkennen. Jeder Fehler erscheint unglaublich dumm, wenn ihn andere begehen.

„Ich hätte ihn fast nicht erkannt, so abgerissen

sah er aus: unrasiert, ungepflegte lange Haare,
eine alte Jacke hing ihm bis zum Knie, Jesus-
latschen ohne Socken ..."
„Logisch ohne Socken."
„Rucksack aus Segeltuch auf dem Rücken."
„Das klingt gar nicht gut."
„Was hat er gesagt?"
„Nichts hat er gesagt. Als ich ihn grüßte, sah er
weg, als kennt er mich nicht."
„Unverschämt!"
„Ach, der ist so doof!"
„Vielleicht war er es gar nicht."
„Ich habe mich ganz sicher nicht geirrt", versi-
chert Dieter. „Ich packte ihn am Ärmel, da sah
er mich finster an. Ich sagte ihm, dass wir uns
alle am nächsten Tag in Bü-dingen treffen und
wollte wissen, ob er kommt."
„Und? Was hat er gesagt?"
„Nichts! Nichts hat er gesagt. Er hat nur seinen
Arm zurückgezogen, sich umgedreht und mich
einfach stehenlassen."
„Seltsam."
„Wer nicht will, der hat schon."
„Du bist ihm nicht nachgegangen?"
„Meinst du, ihm geht es schlecht?"
„Er hätte mit uns mitfahren können, schließlich
wohnen wir auch in Frankfurt", ergänzt Dieter.
„Er wohnt also noch in Frankfurt?"
„Du hättest ihn mitbringen müssen!"

Alle diskutieren hitzig durcheinander. Offenbar kann sich keiner erklären, warum Volker so abweisend reagierte. Vermutlich geht es ihm nicht gut, da er so nachlässig gekleidet war. Aber keiner weiß, wie er Volker helfen kann.

*****

„Die läuft herum wie eine Schlampe", zischt Sabine und deutet mit der Hand auf Dieters Freundin. „Nach der würde sich hier jeder Kerl umdrehen."
„Ja, weil sie jung und sehr hübsch ist."
„Hübsch", verächtlich schnieft Sabine durch die Nase. „Die kommt direkt aus dem Sumpf Frankfurt, wo Sodom und Gomorrha herrscht."
Halb belustigt und halb fragend schaue ich Sabine an.
„Sieh dir das furzkurze schwarze Kleid an! Jeder soll ihre scheußlich tätowierten Arme, Beine und Schultern sehen. Badelatschen statt Schuhe an den Füßen und trinkt ständig unterwegs irgendwelches Zeugs aus Pappbechern."
Ich lächle, da ich die gleichen Dinge nicht mag, aber aus der Großstadt Leipzig gewöhnt bin. Schwarz ist die Lieblingsfarbe von erstaunlich vielen Leuten, jeder Dritte ist tätowiert, unterwegs aus einer Flasche oder einem Becher zu trinken gilt nicht als kulturlos und FlipFlops trägt

157

man beim Stadtbummel und sogar beim Ausgehen. Wie bei Dieters Freundin sind sie oft aus Leder und mit Strass geschmückt, was vielleicht hübsch aussieht und modern ist, aber keineswegs gesund für die Füße, von der Verletzungsgefahr ganz abgesehen.

In unserem Haus in Leipzig wohnt ein junger Mann. Seine neue Freundin sieht fast genauso aus wie Dieters Begleitung. Auch sie ist vom Hals bis zum Zeh tätowiert, hat schwarz gefärbte Haare und trägt enge schwarze Kleidung. Man soll vom Äußeren nicht auf den Charakter eines Menschen schließen, doch in diesem Fall passt es, denn Schwarz symbolisiert traditionell das Dunkle, Böse und Düstere. Die junge Frau geht an jedem Mieter vorbei, als gäbe es ihn nicht, sie grüßt nicht und erwidert keinen Gruß. Das finde ich recht ungehörig und kann mich einfach nicht daran gewöhnen.


„Warum machst du nicht mehr aus dir?", fragt mich Beeke.

„Wie meinst du das?"

„Nun, du bist eine schöne junge Frau, aber deine Kleidung ist … naja, sie ist langweilig."

Ich trage dunkelblaue Stoffhosen und blaue, dezent gemusterte Blusen. Was ist daran langweilig? Und wenn schon! Mir gefällt es.

„Gestern blau und heute blau", stimmt Beeke

ein altes deutsches Trinklied an, „und übermorgen wieder."

Ich könnte ihr sagen, dass Blau meine Lieblingsfarbe ist, doch das sieht sie selbst. Beeke wickelt sich ihren übergroßen bunten Schal von den Schultern und drapiert ihn um meinen Hals.

„Siehst du, schon hat deine Bluse etwas Pepp."

„Ich mag das Gewörschdl nicht, schon gar nicht im Sommer."

„Aber es sieht gut aus und ist megamodern."

Mir gefällt es nicht. Pink und Grün gemustert auf meiner blauen Bluse, das beißt sich doch. Sicher meint es Beeke gut mit ihrem Rat, aber ich bevorzuge klare Strukturen und Schnitte, keine auffälligen Muster, keine Rüschen und erst recht keine Schals. Beeke dagegen mag es bunt, schrill und auffällig. Ich glaube, ein guter Geschmack warnt vor Übertreibungen.

## Erinnerung an Tante Agnes

Agnes ist die älteste Schwester meines Vaters, fast auf den Tag genau zwanzig Jahre älter als er und hätte gut seine Mutter sein können. Oft hielten die Leute sie tatsächlich für Peters Mutter, denn damals war es im Gegensatz zu heute überhaupt nicht üblich, mit vierzig Jahren noch ein Kind zu bekommen. Damals belief sich eine

Generation auf maximal fünfundzwanzig Jahre, heute sind es dreißig bis vierzig Jahre. Obwohl sich alle über den kleinen Nachzügler freuten, war es meiner Großmutter schrecklich peinlich, so spät noch einmal schwanger zu werden.

Agnes kümmerte sich nicht nur um ihre vier jüngeren Geschwister, als diese noch im Haus lebten, sondern bis zu ihrem Tod auch um deren Partner, Kinder und Enkel. Sie führte ein dickes Adressbuch über all ihre Verwandten und einen Kalender mit wichtigen Daten wie Geburts- und Hochzeitstagen. Sie schickte jedem eine Karte in einem Umschlag und legte einen Geldschein dazu. Sie besuchte ihr Leben lang täglich die Geschwister, die in Büdingen wohnten und später auch deren Kinder, nähte für jeden Haushalt Gardinen, häkelte Zierdeckchen und strickte winzige Füßlinge für die vielen Babys. Die drei Kinder von Bernhard verbrachten mehr Zeit bei Tante Agnes als bei ihren Eltern. Agnes machte mit ihnen Ausflüge in die Umgebung, ging mit ihnen wandern und schwimmen und kochte mit ihnen Marmelade.

Sie selbst blieb bis zu ihrem Tod bescheiden und lebte für ihre Geschwister und deren Familien, die selten ihre Hilfe schätzten.

Beate besaß einen Schlüssel zu Agnes Wohnung und fand ihre Tante eines Tages nahezu leblos in der Badewanne. Sie war so unglücklich gestürzt, dass sie sich nicht selbst aus ihrer misslichen Lage befreien und auch keine Hilfe rufen konnte. Sie war zwar unterkühlt, aber ansonsten unverletzt. Daraufhin besorgten ihr die Geschwister einen Heimplatz. Aber Agnes weigerte sich, ins Heim zu gehen. Sie wollte daheim sterben. Das erboste die Geschwister so sehr, dass sie den Kontakt zu ihr abbrachen. Nur Beate kümmerte sich um die fast neunzigjährige alte Dame, kaufte für sie ein, wusch ihre Wäsche und ging mit ihr spazieren. Statt sich darüber zu freuen, beschimpften alle nun auch Beate, sogar ihre Mutter, denn auch Ursula wollte, dass Agnes *vernünftig* wird und ins Heim geht. Aus Zorn und Trotz besuchte keiner der Geschwister, Nichten und Neffen die alte Frau, nicht einmal zu ihrem 90. Geburtstag. Nicht einmal der Pfarrer ließ sich sehen, obwohl Agnes jahrelang ein aktives Mitglied der Gemeinde war. Der Bürgermeister schickte eine junge Mitarbeiterin, die einen Strauß Blumen abgab. Und eine Kindergartengruppe sang ein Lied über Kuchen und Schokolade. Agnes starb einsam und unglücklich.

Mich stimmt diese Geschichte traurig. Doch es ist wohl oft so, dass die, die wie Tante Agnes alle in ihr Herz und in ihr Tun einschließen, von genau denen ausgeschlossen werden. Ich hoffe, die Geschwister, Nichten und Neffen schämen sich heute, weil sie Agnes im Stich ließen. Ich hoffe es, aber ich glaube es nicht. Sie werden denken, Agnes sei selbst an ihrem einsamen Ende schuld.

*****

„Agnes hat sich für die Familie aufgeopfert", ruft Beeke aus.

„Nein, es war ihr ein ehrliches Bedürfnis, sich um ihre Familie zu kümmern", entgegnet Beate.

„Und jetzt bist du neue Agnes." Beeke steht auf und erhebt ihr Glas. „Wir müssen jetzt alle auf Beates Wohl anstoßen. Sie kümmert sich ..."

„Du wirst uns jetzt nicht mit einer Rede langweilen!", unterbricht sie Viktor.

„Doch, doch!", flötet Beeke. „Das muss sein." Sie breitet ihre Arme aus, senkt den Kopf und spricht feierlich. „Also: Beate kümmert sich um unsere gesamte ganze Familie und besonders um die Kinder und Enkel von Sabine."

„Ich habe sie nicht darum gebeten", schnieft Sabine.

Beeke holt weit mit ihren Armen aus und reißt dabei einen Store vom Fenster. Doch statt sich zu erschrecken, wedelt sie mit der Gardine herum, hält ihn wie eine Schürze vor ihr Kleid und singt weiter ihr Loblied auf Beate.

„Heutzutage wird von uns gefordert, dass wir uns von allen Bindungen befreien und unabhängig werden. Das ist zwar wichtig, doch Beate hält nichts davon. Sie pflegt die Kontakte zu uns allen und organisiert in jedem Jahr ein Familienfest. Ohne sie würden wir uns vermutlich nicht treffen, nicht einmal anrufen, vielleicht eine kurze WhatsApp schreiben oder ein Foto von unseren Unternehmungen und Reisen posten, um damit zu protzen.“

„Das reicht!“, verlangt Viktor.

Beeke verbeugt sich, als stünde sie auf einer Bühne.

„Dafür sind wir dir, liebe Beate, von ganzem Herzen dankbar.“

Alle applaudieren und prosten mit ihrem Glas Beate zu.

Ich denke über Beekes Worte nach. Vermutlich hat sie Recht. In jeder Familie und jeder Gemeinschaft muss es jemanden geben, der die Gruppe zusammenhält. Ich fühle mich ungebunden, obwohl ich natürlich meinem Mann verpflichtet bin. In gewissem Sinn auch meiner Tochter und meiner Mutter, obwohl sie anderen Generationen angehören. Mia ist erwachsen und braucht mich nicht mehr. Auch Mutter braucht mich nicht, weil sie im Heim gut versorgt wird. Trotzdem habe ich nicht das Bedürfnis, mich von diesen Bindungen zu befreien und halte es auch nicht für gut oder gar nötig.

Beates Bescheidenheit ist mehr als gutes Benehmen. Sie ist Anstand, was man heute nur noch sehr selten beobachtet. Bewundernswert. Ihre Freundlichkeit ist keine Pose, sie ist echt. Sie liebt jeden Menschen so, wie er ist. Das kann ich nicht. Ich sehe die Fehler und zwar überall.
Ich bewundere auch Beeke, die nie das Gefühl hat, sich mit ihrem Gekreische und Getue lächerlich zu machen. Ich selbst bleibe lieber still im Hintergrund, weil ich Kritik scheue. Ich will alles richtig machen und ärgere mich wochenlang, wenn mir etwas nicht gelingt und andere das merken. Dabei weiß ich, dass Kritik nur bedeutet, dass jemand die Dinge anders sieht als ich.

*****

„Wie habt ihr euch kennengelernt?", frage ich Beate, damit sie von sich und Klaus erzählt und nicht fragen kann, wie und wann ich Erik begegnete.
„Wir haben uns nicht kennengelernt, weil wir uns schon immer kannten", antwortet sie und blinzelt Klaus zu. „Wir waren Nachbarskinder, spielten zusammen und gingen zusammen zu

Schule.“

Wie Markus und ich, denke ich und schiebe diese Erinnerung schnell beiseite. Ich stelle mir vor, Erik schon mit zehn Jahren gekannt zu haben und weiß, dass dieser Gedanke Unsinn ist.

„Nur während des Studiums haben wir uns aus den Augen verloren. Aber nur kurz, weil uns von Anfang an klar war, dass wir zusammengehören.“

Immer, wenn Klaus an Beate vorbei geht, berührt er sie kurz. Auch sie sucht ständig mit den Augen nach ihm. Ich beneide sie, weil sie keine getrennte Vergangenheit haben, denn sie kennen sich schon immer. Sie mussten sich nie etwas verschweigen oder erklären.

Ich habe Markus verschwiegen, dass ich sein Kind nicht abgetrieben habe. Auch Mia ahnt nicht, dass Erik nicht ihr Vater ist und wird es nie erfahren. Manchmal habe ich ein schlechtes Gewissen deswegen. Aber Erik glaubt, die Vergangenheit habe keine Bedeutung. Das sehe ich anders. Es quält mich, dass ich nichts über Eriks Familie weiß. Er spricht nicht über sein Leben vor mir. Er sagt, so etwas tut man nicht, weshalb ich nie über Markus sprechen konnte, nicht sprechen durfte. Dabei war ich ganz erfüllt von ihm und musste ihn in mir verschließen, weshalb er immer noch da ist. Ob es Markus ebenso geht? Oder hat er mich vergessen? An wen denkt Erik? Oder hat er tatsächlich mit seiner Vergangenheit abgeschlossen und lebt nur im Hier und Jetzt?

Sabine sitzt wieder neben mir und rümpft die Nase.
„Mir ist Beate viel zu negativ.“
„Negativ?“, frage ich erstaunt.
„Ja, sie ist gegen alles. Nichts gefällt ihr.“
Ich überlege, was genau Sabine damit meint.
„Immerhin organisiert sie die Familientreffen.“
„Genau. Das ist allein ihre Idee. Immer will sie im Vordergrund stehen und alles bestimmen.“
„Aber ohne Beate würdet ihr euch vielleicht gar nicht besuchen.“
„Na und? Muss man sich so aufdrängen?“
Ich wechsle das Thema und frage: „Kümmert sich Beate tatsächlich um deine Kinder und Enkel?“
Sabine zuckt mit der Schulter.
„Sie hat eben Zeit und drängt sich vor.“
So verschieden kann man ein und dieselbe Sache sehen. Mir kommt Beate nicht so vor, als ob sie gern im Vordergrund steht. Sie tut ohne großes Aufhebens, was getan werden muss und bleibt dabei entspannt und wirkt zufrieden.

*****

Wir haben viel Spaß an diesem Abend. Den meisten über Beekes Missgeschicke. Zum Beispiel erzählt sie, dass ihre weichen Fingernägel immer einrissen, was nicht nur hässlich aussieht, sondern auch furchtbar schmerzt. Deshalb bestellte sie im Internet Tabletten, die die Nägel härten sollten, was auch wunderbar funktionierte. Als die Tabletten zur Neige gingen, wollte sie diese nachbestellen und entdeckte dabei in der Beschreibung, dass die Mittel, die ihre Nägel so schön machten, eigentlich für den Muskelaufbau gedacht waren – ein Mittel für Sportler beim Training. Alle lachen und Beeke präsentiert stolz und in ihrer eigenen recht seltsamen Art ihre Nägel, indem sie reihum zu jedem an den Platz geht und ihm ihre Hände vor die Augen hält. Erst nach einem ausführlichen Lob über ihre wunderschönen Fingernägel geht sie weiter zum nächsten.

Außerdem beschreibt Beeke recht witzig ihre vielen Kunstreisen. Mal ist es nur eine Tagesreise in ein nahes Museum, mal eine längere Studienreise über Friedhöfe (!), wo berühmte Dichter, Musiker und Maler begraben liegen, mal zu einem Konzert in einem Schloss oder einen Kreativurlaub, wo sie mit anderen Teilnehmern Kunst herstellt und Aquarelle malt.
„Ich male ebenfalls mit Wasserfarben", wirft

Haukes Frau ein.

„Deine Bilder kenne ich. Du malst Häuser, Bäume, Berge und Tiere, die du ebenso gut fotografieren könntest. Ich spreche von *richtiger* Kunst, von abstrakter Malerei und Werken, in denen der Künstler mit viel Fantasie Stoffreste oder Muscheln und Steine ins künstlerische Arrangement einarbeitet."

Das ist sicher interessant, doch ich fand es unfreundlich, wie sie die Arbeit von Haukes Frau gering schätzt. Ich hätte mir ihre Bilder sehr gern angesehen. Ich kann nicht malen, aber ich stelle es mir viel schwieriger vor, so natürlich zu malen, dass man das Ergebnis sofort erkennt. Bunte Kleckse dagegen machen bereits kleine Kinder, die auch gern Stoffe und Steine aufkleben.

„Rutsch mal zur Seite!", sagt Beeke zu Sabine und setzt sich auf den nun freien Stuhl neben mich.

„Was machst du so?"

„Ich arbeite als Archäologe in ..."

„Ich weiß. Das meine ich nicht. Was du in deiner Freizeit machst."

„Meine Arbeit füllt mich aus. Auch in meiner Freizeit recherchiere und lese ich viel über Archäologie."

„Gut. Und wo fahrt ihr immer so hin?"

Ich räuspere mich, weil ich nicht so genau weiß, was Beeke hören will. Wenn ich in die Stadt gehe, kaufe ich ein. Wir gehen nicht aus und fahren nicht weg, auch früher schon nicht.

„Früher fuhren wir in den Schulferien mit Mia eine Woche ans Meer, ansonsten …“ Ich denke nach. „Heute mag Erik gern zelten, aber das ist nichts für mich.“

„Du willst mir jetzt aber nicht sagen, dass du nur daheim herumhängst?“

Ich hänge nicht herum. Ich empfinde mich als stillen Genießer und bilde mich mit Fachartikeln weiter. Wer wegfährt, ist nicht automatisch glücklicher als der, der zufrieden daheim bleibt.

„Nur ängstliche Menschen lieben ihren Alltag, weil sie keine Veränderungen mögen. Sie ertragen sie nicht, sie machen ihnen Angst. Normale Leute sind spontan.“

Bin ich ängstlich? Wohl eher nicht. Zurückhaltend, aber nicht ängstlich.

„Was verstehst du unter spontan?“

„Ins Kino gehen, wenn mir danach ist, essen, wenn ich Hunger habe und nicht dann, wenn die Uhrzeit mir sagt, es ist Zeit dafür, Freunde anrufen oder sie besuchen, wenn ich an sie denke.“

Für mich klingt das nach einem planlosen Hin und Her, nach Zeit vertrödeln ohne Sinn, liederlich eben, strukturlos. Aber ich sage nichts und

169

lasse mir weiter erklären, wie man zu leben hat, wenn man wirklich leben will. Für Beeke ist es nur dann gut, wenn sie anderswo ist und nicht daheim. Was ist falsch daran, gemütlich zu Hause zu sein und es sich gut gehen zu lassen? Ich bin niemals auf der Suche nach dem Besonderen, ich mag das Alltägliche. Ich muss auch nicht täglich durch die Wohnung wirbeln, Staub saugen und putzen. Hektiker ertrage ich schon bei der Arbeit nicht, weil sie vor lauter Eifer am Ende alles durcheinander bringen statt ruhig Schritt für Schritt ihre Aufgaben erledigen.

„Hauke ist wie du. Er will keine Abwechslung, weshalb er sich auf Malta ein Haus kaufte, wo er jeden Sommer und sogar Weihnachten verbringt. Astrid und die Kinder und Enkel hängen während der Ferien nur am Strand oder tun fein im Königlichen Golfclub." Beeke lacht. „Ich war mal auf der Insel, weil es dort hervorragende Adressen für moderne Kunst gibt. Aber das interessiert weder meinen Bruder noch sonst jemand aus seiner Familie. Er spielt Golf oder sitzt auf seiner Terrasse. Ich frage mich, wozu er dieses große Haus dort braucht."

Die Menschen sind verschieden, des einen Freude ist des anderen Ärger. Mein Vater sagte immer: „Der eine isst gern Schokolade und der andere schmiert sich Kernseife ins Haar."

*****

In einem Punkt sind sich alle einig: sie lieben das Wasser und verbringen ihren Urlaub immer am Meer. Am liebsten an der Ostsee. Nur Beate bevorzugt die Berge. Im letzten Jahr war sie mit den beiden älteren Enkelkindern von Sabine in Österreich. In diesem Jahr will sie mit den beiden Kleinen fahren.

Plötzlich verdunkelt sich ihr Gesicht und sie murmelt: „Vielleicht auch nicht.“

Als sie nach einem wunderschönen Urlaub die Grenze nach Deutschland passierten, gerieten sie in einen Stau. Meist ist dafür eine Baustelle oder ein Unfall die Ursache. Erst nach einer Stunde quälend langsamer Fahrt mit vielen Stopps bemerkten sie viele Polizeiwagen und Polizisten, die mit schweren Maschinengewehren bewaffnet waren und die Fahrzeuge kontrollierten. Das war ein riesengroßer Schock für Beate, die zitternd die Kinder ablenkte. Daheim erkundigte sie sich, was an der Grenze Schlimmes geschehen war und erfuhr, dass es nur mit dem Migrationsgeschehen zu tun habe.

Das halte ich für eine recht seltsame Begründung, da Migranten geschützt in Bussen oder Sonderzügen begleitet werden.

Dann hellt sich Beates Miene wieder auf und sie erzählt lachend: „Zwei Erwachsene, zwei Kinder und zwei Hunde in einem Camper, das gibt viel Spaß."

Lustig stelle ich mir das nicht vor. Ich brauche einen gewissen Grundkomfort und übernachte lieber in einem gut geführten Hotel als in einem Wohnwagen. Im Urlaub sowieso, da ich keine Lust habe zu kochen.

„Ist das nicht viel zu eng?"

„Aber nein! Klaus ist Tischler. Er baute auf die Ladefläche eines alten LKWs vier Schlafplätze, eine kleine Küche und ein Klo. Wir fahren nur auf Zeltplätze, wo es Duschen und einen Gasthof gibt. Meist rennen viele Kinder herum, so dass sie immer Gesellschaft haben. Man muss sie nicht bespaßen, sie suchen sich ihre Beschäftigungen selbst."

„Fahrt ihr auch allein, also zu zweit zelten?"

„Das haben wir nur ein einziges Mal gemacht, um den Camper zu testen. Aber mit Kindern ist es viel lustiger."

Ich merke, wie viel Freude Beate an Ausflügen mit Sabines Enkeln hat. In der Woche kümmert sie sich um die Mädchen und am Wochenende oft um alle vier Kinder, obwohl sie selbst gar keine Kinder hat. Es ist wirklich manchmal seltsam in der Welt eingerichtet.


„Wir haben hier in Büdingen keine nennenswerten Traditionen, auch in Flensburg bei Hauke und Beeke gibt es keine. Natürlich können die

Kinder im Wasser toben, aber sie sollen auch etwas für ihr Leben lernen. Deshalb fahren wir so gern nach Österreich."

Beschämt denke ich, dass ich überhaupt keine Vorstellung habe, ob und welche Traditionen es hier oder in Österreich gibt.

„Habt ihr in Leipzig viele überlieferte Rituale?"

Ich denke lange nach, komme aber zu dem Schluss, dass es in Leipzig keine besonderen Traditionen gibt. Mir fallen nur die Musikfeste ein, die jährlich stattfinden: Festival der Gothik-Kultur, Bachfest und Leipziger Jazztage. Nichts davon interessiert mich. Und nichts davon ist eine wirklich alte Tradition. Alles wurde erst nach der Wende ins Leben gerufen.

„Nein, alte Traditionen gibt es in Leipzig nicht. Die findet man eher im Erzgebirge, das etwa hundert Kilometer von Leipzig entfernt ist. Ich kenne mich nicht so gut aus, glaube aber, dass sie bestimmte Rituale zur Weihnachtszeit pflegen, Hausmusik und Holzschnitzerei mögen. So etwas gibt es bei uns in Leipzig nicht."

„Schade, nicht wahr?", bedauert Beate.

Ich kann gut auf Althergebrachtes verzichten, die Archäologie ausgenommen. Aber die hat nichts mit Traditionen zu tun, sondern mit Wissenschaft. Archäologen erforschen die materiellen Fundstücke vorgeschichtlicher Kulturen.

„In Österreich gibt es unzählige Traditionen, die

mir allesamt viel Freude bereiten: verschiedene Speisen, Feste, Kleidung. Ich mag die Dirndl so gern. Am ersten Schultag jeden Jahres tragen die Kinder ihre Festgewänder und am letzten Schultag feiert das ganze Dorf den Abschluss des Schuljahres. Im Salzkammergut gehört die Tracht zum Alltag, was mir erheblich besser gefällt als Jeans und Pulli, die man hier trägt."
Genau diese Aufzählung würde mich von einem Österreich-Besuch abhalten. Außerdem sind mir die Leute zu abergläubisch. Drei Viertel aller Österreicher glauben heute noch ernsthaft an einen Gott, sogar im Parlament wird gebetet, obwohl sich Politik und Religion gegenseitig ausschließen. Nur vier Prozent sind Atheisten, was ich mir in einem modernen Industrieland nicht vorstellen kann.
Ich mag weder Österreich noch die Berge und auch nichts weiter darüber hören.

*****

Auf dem Weg zur Toilette begegne ich Hauke. Ihn mag ich ganz besonders, obwohl ich noch keine Gelegenheit hatte, mit ihm länger allein zu sprechen. Er lacht zwar laut, aber verhalten. Seine ganze Art ist verhalten. Er hält sich gerade und seinen Kopf leicht nach hinten geneigt, als würde er nachdenken. Mir gefällt er ausge-

sprochen gut und das nicht nur, weil er die gleichen schwarzen Locken hat wie ich. Wie alt
mag er sein? Sechzig? Er ist schwer zu schätzen durch seine sportlich schlanke Figur und
seine saloppe Kleidung: Jeans und dazu ein
Golfhemd. Am ersten Tag trug er eins mit einem
Anker drauf, das gut zu seiner Heimat Flensburg passt, heute eins mit farblich abgesetztem
Kragen. Hauke hat den ruhigen Blick eines
selbstbewussten Mannes, lächelt mir zu und
geht weiter. Schade. Ich hätte mich gern mit
ihm unterhalten. Bis jetzt weiß ich nur, dass er
Landvermesser ist, drei Söhne und fünf Enkel
hat.


## Viktors Behauptung

Viktor springt auf und wedelt mit seinen Armen.
„Du spinnst!", schreit er aufgebracht. „Es ist
wissenschaftlich bewiesen, dass der Mensch
den Klimawandel verursacht."
„Quatsch!", entgegnet Christer gefasst. „Vör du-
send Jahr weer dat veel warmer as vondaag,
ver dat weer ok al veel koolter."
„Rede deutsch mit mir!", blafft Viktor und blickt
sein Gegenüber herablassend an.
Doch Christer lässt sich nicht beirren.
„Siet 1850 treckt sik de Gletschers torüch, as

dat meist keen Autos un Industrie geev."
Ich höre nicht mehr hin, weil mich das Thema nervt, dem man seit einigen Jahren nicht mehr ausweichen kann. Vielleicht hat Christer recht mit seinem Argument, dass der Mensch nicht der Verursacher ist, sondern es schon immer Klimaänderungen gibt, aber ich mag nicht darüber nachdenken. Eher interessiert mich die Heftigkeit, mit der Viktor diskutiert. Er lässt ungern andere Argumente gelten und wirkt auf mich arrogant, fast abschreckend.

Beate merkt, dass ich Viktor beobachte.
„Er ist der jüngste Cousin", erklärt sie.
„Ich dachte, Beeke sei die Jüngste."
Beate lacht.
„Sie betont gern, dass sie die Jüngste ist, aber Viktor ist vier Tage jünger als sie. Es wird ihr nicht gefallen, dass *du* nun unser Küken bist."
Jetzt lache auch ich.
„Ihr seid alle fast gleich alt, nicht wahr?"
Beate nickt.
„Nur zwischen mir und den anderen gibt es einen Abstand von mindestens sechs bis maximal zehn Jahre."
Erstaunt mustere ich sie und vergleiche sie mit den anderen, denn Beate sieht um keinen Tag älter aus als ihre Cousinen, sogar jünger als ihre Schwester Sabine.

„Sechs Jahre nach mir wurde Vera geboren, zwei Jahre später kamen Hauke, Volker und Sabine, ein Jahr danach unser Bruder Dieter und wieder ein Jahr später Beeke und Viktor. Ich bin mit Abstand die Älteste von uns. Meine Schwester ist acht Jahre jünger als ich, Dieter neun. Das heißt, die Beiden spielten zusammen, während ich als Einzelkind aufwuchs und von Anfang an auf die zwei Kleinen aufpasste. Das hat mich geprägt."

Beate sieht aus, als ob sie noch etwas sagen will, doch sie schaut zur Seite und wischt sich verstohlen über die Augen. Weint sie? Warum?

„Ist alles in Ordnung?"

Beate nickt, doch ich bemerke ihre geröteten Augen und glaube ihr nicht. Aber ich wage nicht, sie zu fragen, was sie plötzlich bedrückt.

„Du hättest noch eine Cousine mehr", antwortet sie schließlich. „Lykke." Beate lächelt, aber ihre Augen blicken mich traurig an. „Lykke ist die jüngste Schwester von Hauke und Beeke, aber sie lebt nicht mehr. Sie ist gestorben mit nur vierundvierzig Jahren, dabei heißt Lykke Glück auf Dänisch."

Entsetzt frage ich, ob sie krank war. Wieder nickt Beate.

„Es ging schnell. Weihnachten brach sie zusammen und Ostern haben wir sie begraben. Danach ging ihr Mann mit den Kindern zurück nach England, er ist Engländer. Wir haben nichts mehr von ihm gehört."

In dieser einen Familie gibt es so viele, die sich einfach nicht mehr melden oder wie Vera weit entfernt leben. Jeder wird schmerzlich vermisst. Da ist es wohl besser, wenn man erst gar keine Geschwister, Cousins und Cousinen hat wie ich. Aber jetzt ist das auch meine Familie.

Ich seufze.

„Die Kinder waren noch klein und werden sich nicht mehr an uns erinnern. Aber ihr Vater hätte den Kontakt nicht abbrechen sollen. Wir wissen leider nicht, wohin er ging, wo er lebt und wie es heute allen geht."

Das stimmt mich traurig, obwohl ich diese Leute nicht kenne und auch nie kennenlernen werde. Und wieder fällt mir ein, dass auch mein Vater einfach so verschwunden ist und sich bei seiner Familie nicht mehr meldete.

Ich schaue mich um. Mein Blick bleibt an Viktor hängen. Er wirkt eitel auf mich, weil er wie Beeke auffällige Farben liebt, was für einen Mann recht ungewöhnlich ist. Gestern trug er ein rosa Jackett zu Jeans und heute ein hellblaues zu einer leuchtend gelben Hose. Normalerweise bevorzugen Männer einfache dunkle Pullis, Viktor dagegen pastellfarbene Hemden mit Blumenmuster, darüber eine farblich passende Weste. Es sieht einfach gut aus, falls er seine Jacke offen lässt. Wenn er sie zuknöpft, befürchte ich jedes Mal, dass gleich ein Knopf abspringt, so eng liegt die Jacke am Körper an. Seine Hosen sind ebenfalls viel zu eng und auch zu kurz. Ich weiß, dass dies der aktuellen Mode entspricht, doch es sieht scheußlich aus. Als ob Hose und Jacke von der Mutti gekauft wurden, als der Mann noch ein Kind war. Immerhin trägt er richtige Lederschuhe, während alle anderen, sogar die meisten Frauen, bequeme Sportschuhe aus Synthetik mit einer weißen Plastiksohle bevorzugen.

„Viktor ist ein attraktiver Mann. Auch seine Frau ist auffallend schön", sage ich anerkennend.

„Sie ist auf den Tag genau zwanzig Jahre jünger als er und er ist auf den Tag genau dreißig Jahre jünger als seine Mutter. Lustig, nicht wahr?"

Ich mag Zahlen und Daten und vor allem Übereinstimmungen jeder Art. Deshalb freut mich solch ein doppelter und höchst seltener Zufall ganz besonders.

„Seine Frau zeigte mir Fotos von ihren zwei reizenden Kindern."

„Ja, sie hat zwei auffallend schöne Kinder."

„Sie?"

„Nun, sie brachte die Kinder mit in die Ehe."

„Viktor hat also keine eigenen Kinder?"

„Er hat einen Sohn. Doch der kam mit einem offenem Rücken zur Welt.“

„Das ist ja furchtbar!“, rufe ich aus, obwohl ich mir nichts Genaues unter dieser Krankheit vorstellen kann.

„Viktor fand das auch furchtbar.“ Beate räuspert sich. „Den offenen Rücken hätte er vielleicht verkraftet, doch als der Kleine von spastischen Anfällen geschüttelt wurde, verließ er Frau und Kind.“

„Er hat seine Frau verlassen, als sie ihn am nötigsten brauchte?“, frage ich entsetzt.

„Nicht jeder Mensch hält Kummer oder gar eine Katastrophe aus.“

Das stimmt, trotzdem sollte man sich nicht feige aus der Verantwortung stehlen. Der Junge ist schließlich auch *sein* Kind.

„Wie geht es dem Jungen heute?“

„Das weiß ich nicht. Viktor hat den Kontakt zu seinem Kind komplett abgebrochen. Ich weiß nur, dass er nie laufen lernte, früher in einem Heim lebte und nur die Wochenenden daheim verbrachte. Ich glaube, er saß im Rollstuhl und musste sogar gefüttert werden. Jetzt müsste er dreißig Jahre alt sein.“ Leise fügt sie hinzu: „Falls er überhaupt noch lebt.“

Mir geht diese Geschichte sehr nahe. Es muss furchtbar für den Jungen gewesen sein, wenn er sich ungeliebt fühlte. Auch ein kleines behin-

dertes Kind spürt, wenn der Vater es ablehnt. Die Liebe der Mutter reicht nicht aus, sie zählt nicht, wenn der Vater sich abwendet. Liebe kann man vergessen, aber Ablehnung nicht.
Und jetzt zieht Viktor die Kinder seiner Frau auf, kümmert sich aber nicht um sein eigenes.
„Was macht Viktor beruflich?"
„Er verkauft Computerprogramme."
„Er hat also ein eigenes Geschäft?"
„Nein, er arbeitet im Außendienst für eine Frankfurter Firma und ist viel unterwegs. Seine jetzige Frau war anfangs seine Assistentin. Nun arbeitet sie nicht mehr, obwohl beide Kinder längst in die Schule gehen."
Für mich ist Viktor ein sogenannter Dampfplauderer und Schwätzer. Er plappert ohne Punkt und Komma und behauptet unwahrscheinliche Dinge über Gott und die Welt, Politik, Wirtschaft und Sport.
„Viktor ist sehr ehrgeizig. Er will es zu etwas bringen im Leben."
Das heißt, er möchte viel Geld verdienen und ist mit dem, was er bisher erreichte, noch nicht zufrieden.
„Ilme sagt, er ist so gut wie nie daheim, so dass die Arbeit in ihrem großen Haus und Garten ihr allein überlassen bleibt. Und falls er daheim ist, telefoniert er ohne Pause. Er kann einfach nicht abschalten. Stets trägt er sein Handy an einer

Halterung direkt am Kopf."
Ich habe gelesen, dass man ein Handy keinesfalls am Kopf tragen soll, weil die Strahlen gefährlich sind, am besten auch nicht am Körper.
Ich bewahre es generell in der Handtasche auf
und daheim ausgeschalten auf dem Ladegerät
im Flur.
„Sein übertriebener Ehrgeiz wird ihn noch um-
bringen", schließt Beate.
Ehrgeiz ist wichtig, doch zu viel Ehrgeiz kann
krank machen. Nach meiner Rechnung muss er
noch etwa zehn Jahre arbeiten bis zur Rente.
Da sollte er mit seinen Kräften haushalten und
so langsam kürzer treten.

*****

„Du bist nicht nur meine Cousine, sondern auch
meine Schwester, meine Halbschwester. Mein
Vater ist auch dein Vater", raunt mir Viktor zu.
„Wie das?", frage ich entrüstet und gleichzeitig
neugierig.
„Mein Vater war zur Hochzeit deiner Eltern in
der Ostzone."
„Ostzone? Du meinst die ehemalige DDR."
Viktor verdreht die Augen.
„Leipzsch", zischt er und lacht herablassend.

Mutti hat immer behauptet, dass ich in der

Hochzeitsnacht gezeugt wurde. Daran hielt sie stolz fest, obwohl es nicht sein kann. Meine Eltern heirateten Mitte Juli und ich wurde im Juni geboren. Doch eine Schwangerschaft dauert nicht elf, sondern neun Monate. Das heißt, ich müsste im April geboren sein, wenn ich in der Hochzeitsnacht gezeugt worden wäre. Mutti ließ ich in dem Glauben, dass ich ihr glaube, weil es ihr offenbar wichtig war. Und jetzt behauptet Viktor den gleichen Unsinn.

„Mein Geburtsdatum ist der 17. Juni."

„Ich weiß."

„Dein Vater war also zur Hochzeit meiner Eltern in Leipzig?"

„Genau." Er zeigt mit dem Finger auf mich. Dann flüstert er mir ins Ohr: „Damals hatten er und Jutta eine Affäre."

Das glaube ich nicht. Als Mutter heiratete, hatte sie ganz sicher nur Augen für ihren Bräutigam, in den sie bis über beide Ohren verliebt war. So hat sie es mir immer erzählt.

„Das glaube ich nicht", entgegne ich laut. „Meine Mutter war erst achtzehn, dein Vater über vierzig, er muss ihr uralt vorgekommen sein."

„Na und? Er kam aus dem Westen und hatte Geld. Da spielt das Alter keine Rolle."

„Glaubst du wirklich, dass meine Mutter für eine Westmark ihre Hochzeit gefährdet hätte?"

Viktor verzieht den Mund und lächelt herablassend.

„Kein Mensch startet mit einem Seitensprung in die Ehe, schon gar nicht meine Mutter.“

„Tu nicht so moralisch!“, empört sich Viktor und lacht spöttisch. „Fremdgehen ist so originell wie ein Liter Milch. Interessant wird es erst, wenn die kleine Bettgeschichte große Folgen mit sich bringt: ein Kind. Dich.“

Er zeigt grinsend mit dem Finger auf mich.

Entrüstet frage ich: „Wo sollten sie sich getroffen haben?“

„Im Hotel natürlich.“

„Im Hotel?“ frage ich ungläubig. „Dort warst du mit deiner Schwester und eurer Mutter.“

Viktor verzieht höhnisch den Mund.

„Für Westgeld wurden in den besten Hotels die Zimmer sogar stundenweise vermietet. Das hat deine Mutter beeindruckt.“

Das empört mich jetzt, obwohl mir klar ist, dass für Westgeld so einiges gemacht wurde. Aber in diesem Fall war es nicht nur moralisch unmöglich, sondern auch rein technisch.

„Beate erzählte, dass außer deinem Vater mit seiner Familie auch seine Eltern und Geschwister mit ihren Familien da waren. Wie sollte sich meine Mutter unbemerkt von all den vielen Verwandten entfernt haben? Das wäre aufgefallen, weil die Braut die Hauptperson ist. Außerdem wohnte sie noch bei ihren Eltern.“

Viktor scheint keine Ahnung zu haben, wie es damals in der DDR zuging. Erst mit der Heirat konnten meine Eltern eine Wohnung beantragen und bekamen sie erst, als ich bereits drei Jahre alt war. Bis dahin lebte Vater im Wohnheim und Mutter mit mir bei ihren Eltern in einer kleinen Zwei-Zimmer-Wohnung mit einem Klo eine halbe Treppe tiefer und ohne Bad. Auch die erste Wohnung meiner Eltern hatte nur zwei Zimmer, eines davon mit Ofenheizung, Gasherd in der schmalen Küche. Das Klo hatte kein Waschbecken, wir wuschen uns in einer Gosse in der Küche und die Wäsche einmal im Monat im Waschhauskessel.

Als ich acht Jahre alt war, bekam ich ein eigenes Zimmer in der *Platte* in Grünau, einem riesigen Neubaugebiet und endlose Baustelle für tausende gleichförmig hässliche Hochhäuser. Auf mein Zimmer war ich sehr stolz, obwohl es so winzig war, dass nur ein schmales Bett und ein Kleiderschrank hinein passten und kein Platz zum Spielen blieb. Meine Hausaufgaben erledigte ich am Esstisch in der Stube.

Erst nach der Wende musste man keine Wohnungsanträge mehr stellen und auf die Zuweisung warten. Man kann sich seitdem die Wohnung nach dem eigenen Geschmack und Geldbeutel selbst suchen. Erik und ich fanden mitten in der Innenstadt von Leipzig eine wunderschön sanierte große Altbauwohnung mit einer Treppe in der Stube, die hinauf in Mias Zimmer führt. Mia hat sogar ein eigenes Bad.

„Du glaubst mir nicht, weil du mir nicht glauben willst", wirft mir Viktor vor. „Aber ich habe Beweise." Triumphierend schaut er mich an. „Als Vater starb, sah ich seine Akten durch. Er hat für zwei Personen jeweils achtzehn Jahre lang einen Betrag auf ihr Konto gezahlt. Und es gab ein Sparbuch auf den Namen Sonja. Nach der Wende ließ er sich den Betrag auszahlen. Ist das Beweis genug?"
„Natürlich nicht! Es gibt viele Sonjas und viele Gründe für ein Sparkonto."
„Aber dieses Konto gibt es erst seit deiner Geburt, seit Juni 1975."
Das gibt mir nun wirklich zu denken, aber ein Beweis ist es nicht. Das sage ich ihm.
„Natürlich ist das ein Beweis. Nach der Wende haben sich Vater und Jutta wieder getroffen und er hat ihr das angesparte Geld gegeben."
„Woher willst du das wissen?"
„Ich weiß es, weil es logisch ist. Er muss ihr ab der Wende immer Bargeld zugesteckt haben. Du sagst selbst, dass es euch immer gut ging. Aber im Osten ging es niemandem gut."
„Du irrst dich. Meine Mutter hat als Lehrerin gut

verdient, sogar mehr als Vater. Fest steht, dass meine Eltern nicht an Westkontakten interessiert waren."

Viktor lacht gehässig auf. Er glaubt mir nicht. Er dreht und wendet die Dinge so lange, bis sie zu seiner Meinung passen.

„Alle, wirklich *alle* Ostdeutschen wollten Westkontakte und ließen sich Kaffee, Seife, Schokolade und Strümpfe schicken. Alle!"

„Meine Eltern nicht."

Wie kann Viktor behaupten, dass er besser weiß als ich, was ein Ostdeutscher will? Jeder Mensch ist anders.

Energisch erwidere ich: „Vater brach den Kontakt zu seinen Eltern und Geschwistern ab, weil er mit dem Westen und seiner Schokolade nichts zu tun haben wollte."

Wieder lacht Viktor laut auf und wirft dabei den Kopf nach hinten.

„Jutta wollte nur nicht, dass ihre Affäre und das Kuckuckskind bekannt werden."

Jetzt geht er zu weit und ich werde wütend.

„Begreifst du nicht, dass ich elf Monate nach der Hochzeit geboren wurde? Eine Schwangerschaft dauert aber nur neun Kalendermonate."

„Und? Was sollte meinen Vater daran gehindert haben, zwei Monate später deine Mutter zu besuchen?"

Viktor verschränkt die Arme und lächelt herablassend.

Mir scheint das sehr unwahrscheinlich, da man meines Wissens damals nur auf Einladung zu Verwandten in die DDR einreisen durfte. Und verwandt waren sein Vater und meine Mutter nicht – nur verschwägert. Seinen Bruder wird er nicht als Kontakt angegeben haben. Aber mir fällt ein, dass zur Leipziger Herbstmesse, die im September stattfand, viele Ausländer in die Stadt reisten. Dann wäre es möglich, dass sich Viktor mit Mutti traf und sie schwanger wurde. Aber nur theoretisch, praktisch kann ich mir das ganz und gar nicht vorstellen.

„Hast du mir überhaupt zugehört und verstanden, was ich gesagt habe?"

Viktor lehnt den Kopf zurück und schaut mich mit hochgezogenen Brauen an, als wäre ich schwer von Begriff und außerdem stur. Er ist mir unsympathisch.

„Ich habe es gehört", sage ich langsam. „Doch es ist nur eine Meinung. *Deine* Meinung, keine Tatsache."

Mir gefällt nicht, dass er geradezu damit prahlt, dass sein Vater mehrere Konten für außereheliche Kinder hat. Auf solch einen Vater wäre ich nicht stolz. Mir gefällt auch nicht, dass er die Untreue meiner Mutter nicht nur für möglich, sondern für ganz normal hält.

Und doch nagt diese Geschichte an mir und verdirbt mir die gute Stimmung. Ich nehme mir vor, mit meiner Mutter darüber zu sprechen. Sie ist zwar dement, doch ihr Gedächtnis über ihre Jugend funktioniert, besser jedenfalls als über das, was sie am gleichen Tag gemacht und gegessen hat.


„Waren Viktors graue Haare früher blond?", frage ich Beate.
Sie nickt.
„Und Bernhard, sein Vater? War er ebenfalls blond oder hatte er schwarze Locken wie mein Vater und ich?"
„Bernhard war blond, auch Agnes und Brunhilde, nur meine Mutter und dein Vater hatten vom Opa die schwarzen Locken, weshalb sie von manchen als Zigeuner beschimpft wurden."
„Aber Hauke hat schwarze Locken wie ich, obwohl seine Mutter blond ist. Wie kommt das?"
„Eigentlich setzen sich dunkle Haare bei der Vererbung eher durch als helle. Schau! Die Söhne von Hauke sind ganz verschieden: Malte hat schwarze Locken, Bente glatte blonde Haare und Jonte gewellte rote. Im Grunde sind alle Kinder und Enkel gemischt."
So ist das also. Die Haarfarbe ist kein Beweis und ich bin ebenso schlau wie zuvor.

*****

Die Kellnerin kommt an den Tisch und bleibt direkt vor mir stehen. Ich zeige auf mein leeres Weinglas und nicke, damit sie versteht, dass sie es nachfüllen darf. Aber sie rührt sich nicht, schaut mich nur etwas verlegen bis ängstlich an und hält vier Finger hoch.

Ich antworte ihr, indem ich meinen Daumen hochhalte, um ihr zu zeigen, dass ich nur ein einziges Getränk wünsche.

Ein Mann im schwarzen Frack flüstert der Kellnerin etwas zu, daraufhin zeigt sie auf mich und sagt ganz laut: „Die war´s!"

Was war ich?

„Ich habe nur Wein nachbestellt", verteidige ich mich.

Aber meine Stimme ist so leise, dass mich niemand versteht.

Links eben der Kellnerin stehen drei Frauen, recht drei Männer, die wie in einem Sprechchor wiederholen: „Wir wissen alles! Wir wissen alles!"

Die drei Männer kommen mit finsterer Miene auf mich zu, zwei halten mich fest und einer zückt ein Messer.

„Nein! Nein!", schreie ich.

Einer der Männer presst seine Hand hart auf meinen Mund und dreht meinen Kopf in Richtung Kellnerin.

Die zischt wütend: „Wir wissen alles!"

„Was wisst ihr?", will ich fragen, aber der Mann hält mir noch immer den Mund zu.

Ich zapple, strample mit den Beinen und versuche mit aller Kraft, mich zu befreien, aber die Männer halten mich fest. Ich fühle mich wie in einer Klammer aus Eisen und suche mit den Augen nach Hilfe. Aus den Augenwinkeln sehe ich meine Cousins und Cousinen am Tisch sitzen und sich angeregt unterhalten. Keiner sieht meine Not, keiner hilft mir, alle sind in ihre Gespräche vertieft.

Schweißgebadet werde ich wach. Ich habe nur geträumt. Erleichtert lehne ich mich zurück, doch schlafen kann ich nicht mehr. Was bedeutet dieser schreckliche Albtraum? Waren die drei Männer in der Reihe meine drei Cousins? Und die drei Frauen die Cousinen? Stellt Beate, die alles organisierte, die Kellnerin dar? Oder eher Beeke? Vielleicht Sabine? Warum sahen sie mich prüfend und zornig an? Wer hat mich festgehalten und wer mit dem Messer bedroht? Vielleicht Viktor und sein Vater? Warum saßen alle wie heute Abend am Tisch und unterhielten sich, aber keiner hat mir geholfen? Heißt das, meine neuen Verwandten mögen mich nicht? So viele Fragen und auf keine fällt mir eine Antwort ein. Ich verstehe das nicht. Muss ich das überhaupt verstehen? Es war ja nur ein Traum, ein dummer Traum, der nichts bedeutet. Und doch gehen mir die Traumbilder nicht aus dem Kopf.

Um mich abzulenken, nehme ich mein Handy zur Hand und suche nach neuen Nachrichten. Aber weder Erik noch Mia haben mir geschrieben, nur ein Weinglas-Zeichen blinkt auf, das mir Mia bereits am Freitag schickte. Erik wird zelten sein und wie so oft keine Funkverbindung haben und Mia mit ihrer Freundin Karo ausgehen.

## Mia

Als ich die Wohnungstür aufschließe, höre ich Stimmen. Ist Mama heute schon vom Familientreffen zurück? Sie wollte erst morgen gegen Abend kommen und hätte anrufen sollen. Dann wäre ich früher daheim gewesen. Vielleicht fand sie keinen Draht zu ihren Verwandten. Familie kann man sich eben nicht aussuchen. Aber einen Streit kann ich mir nicht vorstellen, weil Mama ruhig und verständnisvoll ist. Sie hört lieber zu als selbst zu sprechen und drückt niemandem ihre Meinung auf.

Opa war ebenso ruhig. Ich mochte ihn sehr und hätte gern seine Geschwister und deren Kinder kennengelernt. Ich begreife nicht, warum er nie seine Familie erwähnte. Vielleicht konnte Mama das herausfinden. Hoffentlich gibt es bald ein neues Treffen, bei dem ich dabei sein darf.

Eigentlich bin ich müde und will nur rauf in mein Zimmer und schlafen. Doch Mama wird sicher *heute* reden wollen, nicht erst morgen. Und ich will wissen, ob ihre Verwandten lustig sind oder nervig und warum sie einen ganzen Tag zu früh nach Hause kommt.

Schon im Flur höre ich Mama laut lachen. Sie quietscht und gluckst laut, was gar nicht nach ihr klingt. Vielleicht äfft sie das gickernde Kichern einer Cousine nach und erzählt etwas Lustiges.

Ich gehe in die Küche, doch dort sitzen die Eltern nicht, auch nicht in der Stube. Das Kichern kommt aus dem Schlafzimmer. Doch die Tür ist geschlossen. Bei uns herrscht ein ungeschriebenes Gesetz, dass man keine geschlossene Tür öffnet. Ist sie einen Spalt breit geöffnet, weiß man, dass man eintreten darf. Ich will die Eltern in der Schlafstube nicht stören, aber sie sollten wissen, dass ich daheim bin.

Also bleibe ich im Flur stehen und rufe: „Hallo, ich bin wieder da."

Aus der Schlafstube hüpft kichernd eine Frau. Sie ist splitternackt!

„Karo!", schreie ich entsetzt auf. „Was tust du

hier?"

Das war eine dumme Frage. Sie ist nackt! Sie kommt aus dem Bett und ist nicht wegen mir hier, sondern wegen Vater. Wegen *Vater*! Diese Erkenntnis trifft mich wie ein Schlag. Sie schläft mit ihm! Im Ehebett! Das ist ekelhaft!

„He!", begrüßt mich Karo und bleibt so nackt wie sie ist vor mir stehen, was ihr offensichtlich überhaupt nicht peinlich ist.

Nun kommt auch Vater aus dem Schlafzimmer. Er ist ebenfalls nackt, schlingt von hinten seine Arme um Karos Taille, drückt seinen nackten Körper gegen den von Karo und blinzelt mir zu. Das kann nur ein böser Traum sein! Sie stehen vor mir und schaukeln eng umschlungen hin und her. Sind die noch bei Trost?! Oder komplett betrunken? Keinem von beiden scheint peinlich zu sein, dass sie nackt vor mir stehen und ich nun weiß, dass sie *es* miteinander treiben. Der Gedanke macht mich krank!

Dass mir Karo frech ins Gesicht lacht, macht mich derart wütend, dass ich ihr eine schallende Ohrfeige gebe.

„Spinnst du?", schreit sie mich an.

„Du schläfst mit meinem Vater!"

Vater löst seine Hände von Karos Körper und fährt mit ihnen durch seine Haare.

Direkt unverfroren schiebt er mich beiseite und brummt: „Weiberzoff! Ich hol mir was zu trinken.

Wollt ihr auch was?"

Ich fasse es nicht!

„Na und?" Karo zuckt mit ihrer Schulter. „Ich bin ein freier Mensch und kann schlafen, mit wem ich will."

„Aber nicht mit meinem Vater! Schämst du dich nicht?"

„Warum sollte ich?"

Wieder zuckt sie mit der Schulter und lacht.

„Lach nicht so dreckig!", fahre ich sie an und würde ihr am liebsten noch eine knallen, sie mit den Fäusten boxen und mit den Füßen treten.

Was soll ich nur tun? Vater hat ein Verhältnis mit meiner besten Freundin und beide scheinen das völlig normal zu finden.

„Außerdem ist er gar nicht dein Vater. Also geht es dich einen Dreck an, mit wem er in die Kiste steigt."

„Wie bitte?"

„Frag deine Mutter, die kann es bestätigen, falls sie es will. Und du kannst ihr bei der Gelegenheit gleich petzen, dass du uns in flagranti erwischt hast."

„Das werde ich auch tun!", schreie ich sie an.

„Na und? Das ist uns völlig egal, nicht wahr, Erik?", ruft sie Richtung Küche.

Ich höre es in der Küche rumoren, dann kommt Vater mit zwei vollen Sektgläsern zurück und gibt eines davon Karo, die kichernd Richtung

Schlafzimmer hüpft und dabei übertrieben mit ihren Hüften wackelt. Vater folgt Karo mit seinen Augen. Mich scheint er überhaupt nicht wahrzunehmen.

„Karo ist meine Freundin", flüstere ich fassungslos.

„Und jetzt ist sie meine", ergänzt Vater und zwinkert mir zu.

„Sie könnte deine Tochter sein."

„Ist sie aber nicht."

„Kommst du?", flötet Karo aus dem Schlafzimmer.

„Du siehst … ich habe keine Zeit."

Vater dreht sich um und verschwindet hinter der Tür.

„Schließ zu! Sonst kommt die uns nach und nervt weiter", höre ich Karos Stimme und kurz darauf, wie sich der Schlüssel im Schloss dreht. Wie vom Donner gerührt stehe ich im Flur und weiß nicht, was ich machen soll. Das war eben kein Witz und kein böser Film, das war echt. Dass sich Karo derart dreist verhält, hätte ich niemals erwartet. Doch noch viel schlimmer empfinde ich, wie sich Vater verhält. Wie kann er es wagen, nackt mit meiner Freundin vor mir zu stehen und so tun, als wäre es das normalste von der Welt. Im Ehebett!

Mich packt heftiger Zorn. Ich donnere mit beiden Fäusten gegen die Tür und schreie: „Seid ihr verrückt geworden?!"

Aber ich bekomme keine Antwort, höre nur Karos grauenhaftes Quietschen und Glucksen und verlasse angeekelt die Wohnung. Als ob jemand einen Vorhang vor meinen Augen entfernt, wird mir mit einem Mal klar, dass Vater Karos ominöser Freund ist, der ihr teure Geschenke macht und mit ihr die Wochenenden in Hotels verbringt. Also fährt Vater gar nicht zelten, wie er mir und Mama immer weismacht, sondern in ein Luxus-Liebeswochenende mit Karo. Ich bin schockiert. Und zwar über beide. Über Karo, die nun nicht mehr meine Freundin ist, und über Vater.

Was hatte Karo gesagt? Dass Vater gar nicht mein Vater ist? Das glaube ich nun wirklich nicht. Sie hat es aus reiner Bosheit gesagt, um mich zu ärgern.

Trotzdem lässt mir Karos Bemerkung keine Ruhe und ich schaue im Familienstammbuch nach. Dort steht wie erwartet Erik als mein Vater eingetragen. Ich wusste es! Der Eintrag ist der Beweis, dass Karo gelogen hat, um mich von ihren Schweinereien abzulenken.

*****

Als Mama Sonntag Abend nach Hause kommt,

197

ist Vater noch nicht da. Ich kann mir denken, wie und mit wem er gerade seine Zeit verbringt. Soll ich es Mama erzählen? Das wäre fair. Oder darf ich das nicht? Oft heißt es, dass man sich nicht einmischen soll. Aber man soll auch nicht lügen. Verheimlichen ist wie Lügen. Doch Vater weiß, dass ich weiß, dass er fremd geht. Ihm wäre es am Ende recht, wenn Mama seinen Betrug von mir erfährt und ihm somit das Geständnis erspart bleibt. Seinen Partner behandelt man mit Respekt, sein Kind nicht. Aber bin ich sein Kind?

Ich sehe ihm nicht ähnlich. Das wird mir jetzt erst bewusst. Darüber dachte ich nie nach, weil ich aussehe wie Mama. Ich habe ihr schmales Gesicht und die schwarzen Locken, auch Opa hatte schwarze Locken. Meine Erbanlagen stammen eindeutig aus Mamas Familie. Zumindest die äußerlichen. Vom Wesen her bin ich viel lebhafter als Mama und bin auch lieber unterwegs als daheim. Wie Vater. Aber wenn er gar nicht mein Vater ist?

Ich will es wissen! Ich *muss* es wissen.

*****

„Mama, ist Vater wirklich mein Vater?", frage ich ohne Umschweife.

„Natürlich. Was soll diese alberne Frage?"

„Karo sagt, er ist es nicht."

„Karo? Was weiß die schon? Und überhaupt: Von wem will sie das wissen?"

„Von ihm, von Va…, von deinem Mann."

Mama denkt nach. Ahnt sie jetzt, dass die beiden ein Verhältnis haben? Wenn sie es ahnt, kann ich es ihr sagen, bestätigen. Sie schaut mich lange an, dann geht sie an den Aktenschrank, holt das Familienstammbuch heraus und hält mir wortlos meine Geburtsurkunde entgegen.

„Ich weiß, dass Erik eingetragen ist. Aber stimmt das auch?"

„Natürlich stimmt das. Erik ist vom ersten Tag deines Lebens an dein Vater. Und er war immer ein sehr guter Vater."

„Das meine ich nicht."

„Was meinst du dann?"

„Hat er mich gezeugt?"

„Spielt das eine Rolle?"

Mama klingt gereizt.

„Und ob das eine Rolle spielt! Ich will wissen, ob ihr mich mein Leben lang belogen habt."

„Nein, mein Kind, das haben wir nicht."

„Also ist Erik mein richtiger Vater?"

„Das ist er."

„Ich habe also Eriks Gene und nicht die eines anderen Mannes."

Erleichtert seufze ich und nehme mir vor, Karo

kräftig die Meinung zu geigen. Ich habe sowieso noch ein Hühnchen mit ihr zu rupfen und werde ihr sagen, dass sie sich nie wieder in meine Nähe wagen soll. Wie kann sie behaupten, dass Vater nicht mein Vater ist? Ich könnte sie wegen Verleumdung verklagen. Allerdings hat er ihr nicht widersprochen. Vermutlich hatte er anderes im Kopf, etwas, das mit der nackten Karo zu tun hat.

Mama seufzt und dreht sich zur Seite, so dass ich ihr Gesicht nicht mehr sehen kann.

„Hör zu! Gezeugt hat dich Erik nicht, aber ...“

„Aber?“, fahre ich sie an.

„Er hat dich wie eine Tochter ...“

„*Wie* eine Tochter? Ich bin also *nicht* seine Tochter?“

„So lass dir doch erklären ...“

„Erkläre mir erst einmal, warum Erik als mein Vater in meiner Geburtsurkunde steht!“

„Wir waren zum Zeitpunkt deiner Geburt bereits verheiratet. Der Ehemann wird automatisch als Vater eingetragen, ob man es will oder nicht.“

Schockiert springe ich auf. Ohne Karos boshafte Worte würde ich noch immer denken, dass Erik mein Vater ist. Dabei ist er es gar nicht.

„Wer ist es dann? Ein unbekannter Spender aus dem Reagenzglas? Oder bin ich das unerwünschte Ergebnis einer wilden Nacht?“

Mama schüttelt den Kopf. Sie sieht traurig aus.

„Erzähle!", fordere ich. „Wie heißt mein Vater?"

„Er heißt Markus und war meine Jugendliebe."

„Er *war* deine Jugendliebe? Was ist passiert? Ist er gestorben?"

Wieder schüttelt Mama den Kopf.

„Er hat getrunken und nicht damit aufgehört, als ich schwanger war."

„Was heißt das, er hat getrunken? Jeder trinkt."

„Ich weiß. *Ein* Bier oder *ein* Glas Wein, *ein* Mixgetränk … Markus trank Unmengen an Bier und dazu Schnaps."

Mama hatte einen Alkoholiker als Freund? Ich fasse es nicht!

„Ich hätte einen Herzfehler oder andere körperliche Schäden haben können!", rufe ich aus.

Angeekelt schüttelt es mich.

„Ich weiß", wiederholt sie. „Deshalb dachte ich, dass ich besser das Kind nicht austragen sollte. Aber ich brachte es nicht fertig, dich abtreiben zu lassen."

Erwartet sie jetzt, dass ich mich dafür bedanke?

„Wie ging es weiter? Wie hast du es geschafft, dass dich Erik heiratete? Wie hast du ihn reingelegt?"

„Bitte sei nicht unverschämt!", flüstert Mama. „Nach dem Gespräch in der Beratungsstelle …"

„Beratungsstelle?"

„Dort muss man sich vorstellen, wenn man die

Schwangerschaft abbrechen."

„Also wolltest du mich doch abtreiben lassen."

„Ja … nein."

„Was denn nun?"

„Mein erster Gedanke war tatsächlich die Abtreibung, weil Markus weiter trank, obwohl er mir versprochen hatte, damit aufzuhören. Ich wusste nicht, was für mich und für das Ungeborene am besten ist und setzte mich kreuzunglücklich ins nächstbeste Kino. Erik saß zufällig neben mir und sah, dass ich weinte. Er fragte, warum ich weine und da habe ich ihm in meiner Not alles erzählt, obwohl ich ihn gar nicht kannte. Als ich ihm sagte, dass ich Markus liebe, aber keinen unzuverlässigen Säufer heiraten und auch nicht allein das Kind großziehen will, antwortete er ruhig, er sei zuverlässig. Ich soll ihn heiraten, damit ich das Kind nicht allein großziehen muss. Da musste ich lachen." Mama lächelt. „Natürlich nahm ich seine Worte nicht ernst. Aber von diesem Tag an ließ Erik nicht locker und schließlich verliebte ich mich in ihn." Wieder lächelt sie. „Erik hat mich gerettet. Wenn ich gläubig wäre, wäre ich überzeugt davon, dass ihn mir der Himmel schickte in genau dem richtigen Moment. Alles hat gepasst und tut es immer noch."

Das glaubt sie, weil sie nicht weiß, was Erik hinter ihrem Rücken treibt. Er ist alles andere als zuverlässig. Er geht fremd. Und zwar mit meiner Freundin, die vom Alter her seine Tochter sein könnte.

„Du hättest es mir sagen *müssen*! Unbedingt!"

„Wozu?"

„Das fragst du noch? Weil ich wissen will, wer mein Vater ist. Weil ich ein Recht darauf habe."

„Aber es ist bedeutungslos. Erik hat dich behütet und erzogen."

„Ich scheiß auf Erik!"

„Mia!"

„Wie sieht mein Vater aus? Hast du ein Foto?"

Mama schüttelt den Kopf.

„Bin ich ihm ähnlich?"

Wieder schüttelt Mama den Kopf und sagt: „Nein. Du hast nichts von ihm. Zum Glück."

„Sprich nicht so über meinen Vater!", fauche ich.

„Sag nicht immer Vater, er hat dich nur gezeugt und das nicht einmal mit Absicht. So sieht es aus."

„Wo finde ich ihn?"

Mama zuckt mit der Schulter.

„Ihr wart Nachbarskinder, also kennst du seine Adresse oder die seiner Familie."

„Seine Mutter ist gestorben. Wo seine Brüder..."

„Brüder? Er hat Brüder! Sie sind meine Familie. Ich will sie kennenlernen."

„Mia, ich bringe dir eine große Familie, die ich

während der letzten Tage in Büdingen kennenlernte ..."
„Ich will auch meine Familie kennenlernen."
„Das wirst du. Im nächsten Jahre fahren wir
nach Büdingen. Wenn du willst, auch schon früher."
„Ich rede von meiner Familie, die von meinem
Vater, den du mir verschwiegen hast. Das weißt
du ganz genau."
„Und ich weiß nicht, wo er wohnt. Ich weiß nicht
einmal, ob er weiß, dass es dich gibt, denn ich
sagte ihm damals, dass ich schwanger bin,
aber das Kind nicht austragen werde."
„Dann muss ich es allein herausfinden."


## Sonja

Das Gespräch mit Mia hat mich angestrengt.
Dabei war ich gerade so glücklich über meine
neue große Familie und möchte Erik und Mia
von meinen vielen Erlebnissen erzählen.
Aber Erik ist nicht daheim, obwohl es schon
spät ist. Mia und ich essen allein zu Abend. Als
Erik endlich zur Tür hereinkommt, zeigt er sich
überrascht, dass ich bereits daheim bin. Dabei
hatte ich ihm eine Nachricht geschrieben, als
ich um zehn Uhr am Morgen in Büdingen los-
fuhr.

Mia wirft ihm einen bösen Blick zu und faucht recht unfreundlich: „War doch klar, dass dir was anderes wichtiger ist als Mama."

Hat sie vergessen, dass er heute zum Sonntag arbeiten musste? Oder ist sie immer noch verärgert, weil er nicht ihr Erzeuger ist? Dabei hat sie keinen Grund, sich zu beklagen, denn Erik ist ihr von Anfang an ein guter Vater gewesen und ist es immer noch. Ich hoffe, dass Mia sich beruhigt und mich vom Cousinentreffen erzählen lässt.

„Wir haben bereits zu Abend gegessen", sage ich bedauernd zu Erik. „Ich wusste nicht, wann du kommst und ob du Hunger hast."

Früher machte ich ihm immer einen Teller mit Schnittchen zurecht, wenn es bei ihm spät wurde, aber seit einigen Monaten mag er das nicht mehr. Meist isst er ohnehin mit Kollegen oder Kunden im Lokal. Heute hatte ich natürlich gehofft, dass er bereits daheim ist, wenn ich komme, auf mich wartet und vielleicht sogar das Abendessen vorbereitet hat. Aber das hat leider nicht geklappt. Die Tage sind nicht immer so, wie man sie sich wünscht.

Erik küsst mich leicht auf die Wange und geht wortlos in die Küche. Aber er öffnet nicht den Kühlschrank, sondern eine Flasche Wein.

Als wir gemütlich auf dem Sofa sitzen, stoßen wir auf meine neue wunderbare Verwandtschaft an.

„Das Cousinentreffen war viel schöner als erwartet", schwärme ich. „Eingeladen und ausgerichtet hat es Beate. Sie ist Ursulas älteste Tochter und Ursula ist die mittlere Schwester meines Vaters, die einzige, die heute noch lebt. Beate ist kinderlos wie Vaters älteste Schwester Agnes, betreut aber die Enkel ihrer Schwester Sabine. Die darf normalerweise nicht zu Familienfeiern, weil ihr Mann so eifersüchtig ist."
„Dazu wird er wohl Grund haben", giftet Mia.
So kenne ich sie gar nicht.
„Die beiden haben noch einen Bruder."
„Mach es kurz!", fordert Erik. „Die vielen Namen bringen mich ganz durcheinander. Ich kenne diese Leute schließlich nicht."
„Entschuldige. Du bist sicher müde."
Insgeheim bedaure ich noch einmal heftig, dass er nicht mit mir nach Büdingen gefahren ist. Er hätte meine ganze Familie kennengelernt und mich im Gespräch mit Viktor unterstützt.
„Das denke ich mir, dass der Herr müde ist von all der Anstrengung", zischt Mia.
Was ist nur los mit ihr?
„Ich kann auch morgen erzählen."
„Nein, nein, rede nur!", lenkt Erik lächelnd ein.
Prüfend schaue ich ihn an, weil mir sein Lächeln bemüht vorkommt. Aber vielleicht bilde

ich mir das nur ein.

„Beate war mir sofort sympathisch. Sie hat sich die ganze Zeit lieb um mich gekümmert, mir alle Cousins und Cousinen vorgestellt und die Hintergründe ihrer Familien erklärt. Sie ist ganz natürlich und ungezwungen, obwohl sie zwanzig Jahre älter ist als ich. Mit ihrem deutlichen Ja oder Nein zeigt sie, dass sie Halbheiten hasst, nie drumherum redet oder gar beschönigt. Sie sagt unbeirrt, was sie fühlt und denkt – gleichgültig, ob ihr Gegenüber gekränkt ist.“

Erik gießt sich Wein nach und trinkt das Glas sofort aus. Er wirkt gereizt. Vielleicht ist er verärgert, weil er heute so ungewöhnlich lange arbeiteten musste, obwohl Sonntag ist. Sicher wäre er lieber zelten gefahren.

„Zuerst lernte ich zufällig in einem Café Hauke und Beeke kennen.“

„Beeke und Hauke, das klingt wie ein Witz.“

Ich lächle, weil es mir anfangs ebenso ging.

„Sie sind die Kinder von Vaters jüngster Schwester und leben in Flensburg, weshalb sie so ungewöhnliche Namen haben. Die Namen ihrer Kinder und Enkel sind noch seltsamer, ich musste sie mir direkt aufschreiben.“

Ich krame in meiner Tasche, um den Zettel mit den ungewöhnlichen Vornamen herauszuholen. Das wird Mia und Erik amüsieren.

„Muss ich jetzt nicht wissen“, unterbricht Erik.

Überrascht stimme ich zu.

„Erzähle weiter!", bittet Mia und schaut noch einmal wütend zu Erik.

„Vaters Bruder hat drei Kinder. Die Tochter lebt weit weg in Kanada und konnte nicht kommen, auch der eine Sohn war nicht da. Nur Viktor. Er wohnt in Frankfurt und hat einen behinderten Jungen."

Erik verdreht die Augen, weil ihn offenbar diese Familiengeschichten nicht interessieren.

„Stellt euch vor, Viktor behauptet, dass sein Vater auch mein Vater ist."

„Das kommt in den besten Familien vor", ruft Mia aus und funkelt mich böse an. „Einer geht fremd und schon gibt es ein Kuckuckskind, das nie etwas davon erfährt."

Jetzt schaut sie Erik so voller Wut an, dass mir angst und bange wird. Was mag nur zwischen den beiden vorgefallen sein?

„Nein, ich glaube nicht, dass Viktors Vater mein Vater ist."

„Tja, es wissen wohl so einige nicht, wer der wirkliche Vater ist", giftet Mia.

„Ich bin müde und gehe ins Bett", brummt Erik, ohne auf Mias Bemerkung einzugehen.

„Hast wohl Angst, es geht um dich?", faucht Mia, bleibt sitzen und schaut mich erwartungsvoll an.

Sie wird doch jetzt nicht Erik vorwerfen, dass er

nicht ihr Vater ist! Das passt jetzt nicht. Ich klopfe leicht auf ihre Hand, um sie zu beruhigen und gleichzeitig zu meiner Geschichte zurückzubringen.

„Stellt euch vor, Viktor behauptet, dass sein Vater ein Verhältnis mit meiner Mutter hatte und zwar ausgerechnet in ihrer Hochzeitsnacht."

„So etwas soll es geben", zischt Mia. „Und dann wird der Ehemann als Vater eingetragen, wenn das Kind geboren ist."

Erik hat den letzten Satz nicht mehr gehört. Er hat nur kurz den Arm gehoben und ist ins Bad verschwunden, ohne sich noch einmal nach uns umzudrehen.

„Ich verstehe, dass du sauer bist", sage ich, obwohl ich es nicht wirklich verstehe.

Denn hierbei geht es nicht um sie, sondern um mich. Deshalb ignoriere ich ihre garstige Bemerkung.

„Glaubst du wirklich, dass sich eine junge Braut mit einem Mann einlässt, der fünfundzwanzig Jahre älter ist als sie?"

Mia lacht hysterisch auf.

„Junges Mädchen und alter Knacker – das entspricht voll dem üblichen Klischee und kommt auch heute noch in den besten Familien vor."

Irritiert betrachte ich meine Tochter. Sie kennt und liebt ihre Oma. Traut sie ihr trotzdem den Ehebruch zu? Und wieso heute? Ich versuche, nicht über ihre Böswilligkeit nachzudenken und einfach weiterzureden.

„Ich wurde elf Monate nach der Hochzeit geboren. So lange dauert keine Schwangerschaft. Viktors Vater lebte im Westen, meine Eltern im Osten. Er hätte meine Mutter zwei Monate nach ihrer Hochzeit noch einmal besuchen müssen und … na, du weißt schon."

„Ich weiß gar nichts. Ich weiß nur, dass es die ewige Liebe nicht gibt, weil Untreue offenbar völlig  normal ist ."

Was ist los mit Mia? Hat sie Liebeskummer?

„Aber doch nicht zur Hochzeit oder so kurz danach!"

„Ach, wer weiß das schon", brummt Mia. „Ob vor oder nach der Hochzeit spielt doch keine Rolle."

„Was hast du denn?", frage ich. „Du benimmst dich komisch heute."

„Komisch? Ich finde nichts zum Lachen", giftet sie. Dann schaut sie mich an und lächelt. „Entschuldige! Ich erzähle dir später, was mir auf der Seele liegt. Jetzt bin ich müde und will nur noch wissen, ob ihr euch wiederseht."

Sie hat wohl wirklich Liebeskummer oder Streit mit ihrer Freundin und wird es mir morgen oder übermorgen erzählen, wenn sie soweit ist.

„Ja, wir sehen uns wieder. Die gesamte Familie mit Kind und Kegel trifft sich jedes Jahr. Im

nächsten Jahr sollst du dabei sein und natürlich
auch Erik. Beeke will es in Flensburg ausrichten."

„Flensburg ist toll", nuschelt Mia.

*****


Ich gebe Mia einen Gute-Nacht-Kuss und hu-
sche eilig ins Bad. Zum Duschen bin ich zu mü-
de, mir reicht eine Katzenwäsche, bevor ich ins
Bett schlüpfe und mich dicht an Erik kuschle. Er
dreht mir den Rücken zu.
Ich flüstere in sein Ohr: „Du hast mir gefehlt."
„Du warst doch nur zwei Tage weg", brummt er
ungehalten.
„Drei", korrigiere ich. „Drei Tage und zwei lange,
einsame Nächte ohne dich." Ich schiebe meine
Hand unter sein Schlafshirt und streichle seinen
Rücken. „Hast du mich auch vermisst?"
Natürlich erwarte ich, dass er sich mir zuwen-
det und mich fest umarmt, um mir zu beweisen,
wie sehr er sich über meine Nähe freut.
Aber er brummt nur: „Lass mich schlafen!"
„Du weist mich zurück?", frage ich bestürzt und
spüre einen Stich in der Brust.
„Sei nicht albern!", entgegnet Erik barsch, ohne
sich zu mir umzudrehen. Seine Stimme klingt
verärgert. „Wir sind seit fünfundzwanzig Jahren
verheiratet. Da schlafen andere Paare längst

nicht mehr miteinander, falls sie nach so langer Zeit überhaupt noch zusammen sind."

„Wir sind nicht wie *andere* Paare", sage ich halb enttäuscht und halb verärgert.

Wir führen eine gute und sehr vernünftige Ehe ohne Streit und Geschrei. Wir respektieren uns und nehmen uns nicht die Luft zum Atmen, indem wir ständig aneinander kleben. Wir fragen uns nicht aus und wollen uns nicht ständig unsere Liebe versichern. Warum also habe ich die kindische Frage gestellt, ob er mich vermisst hat? Das war dumm von mir. Und doch hätte er anders reagieren müssen, freundlicher. Ich richte mich auf, stütze mich auf die Ellenbogen und lege meine Hand auf seine Schulter.

„Erik, was ist mit dir? Du bist so … ich weiß nicht … irgendwie weit weg, obwohl du neben mir im Bett liegst."

Erik reagiert nicht. Normalerweise bin ich geduldig, weil sich Erik immer viel Zeit mit der Antwort lässt. Doch heute nicht.

Mich überkommt ein entsetzlich ungutes Gefühl und ich schreie: „Erik! Rede mit mir!"

Er dreht sich halb zu mir um und wirft mir einen kalten Blick zu.

„Du nervst!", seufzt er gequält. „Mach endlich das Licht aus und schlaf!"

Das funktioniert so nicht. Ich war drei Tage fort und er scheint sich nicht zu freuen, dass ich wieder hier bin. Er fragt nichts, er sagt nichts, er antwortet nicht. Was ist nur los mit ihm? Oder was ist los mit mir, dass ich plötzlich solch eine Angst verspüre? Erik wird nur verärgert sein, weil er heute zum Sonntag arbeiten musste. Oder hatte er Streit mit Mia? Die zwei kamen mir den ganzen Abend wie Hund und Katze vor. Wenn er mich jetzt in den Arm nimmt, ist alles gut und ich vergesse meine dummen Gedanken. Aber er nimmt mich nicht in den Arm. Er dreht mir weiter den Rücken zu. Resigniert sinke ich zurück auf mein Kissen, finde aber keine Ruhe.

Ich höre, dass Erik regelmäßig atmet und weiß, dass er schläft. Ich könnte nicht schlafen, wenn ich spüre, dass Erik mit mir reden oder eine Umarmung will. Aber Erik ist ein Mann und Männer fühlen, denken und handeln anders als Frauen. Trotzdem quälen mich Gedanken, die sicher unsinnig sind, die ich aber nicht ausschalten kann. Ich fürchte, er liebt mich nicht mehr und frage mich gleichzeitig, wie ich auf diese absurde Idee kommen kann. Erik wird einfach nur müde sein.

Er schläft immer gut, nach dem Sex noch besser. Dabei hatten wir gar keinen Sex. Wie lange eigentlich schon nicht mehr? Bin ich nicht mehr begehrenswert? Oder wird man im Laufe der Jahre lustlos? Oder nur bequem? Angeblich schwindet schon nach fünf Jahren Beziehung die Lust. Wir sind seit fünfundzwanzig Jahren verheiratet. Doch meine Lust hat nicht nachgelassen. Ich war nach dem Sex stets putzmunter, richtig aufgedreht, in Wallung gebracht, die ewig nicht abebben wollte, weshalb ich überhaupt nicht einschlafen konnte. Meist stand ich auf und kochte mir einen Tee, um mich zu beruhigen.

Das wird mir auch heute helfen. Grübeln bringt nichts. Ich steige leise aus dem Bett, gehe in die Küche und schalte den Wasserkocher an. Ich habe unzählige Sorten Tee; für gute Laune, gegen Bauchschmerzen, zum Abnehmen, zum Entspannen und auch zum Einschlafen. Ich wähle den Gute-Nacht-Tee, aber er schmeckt nicht, weder wie auf der Packung angegeben nach Brombeeren noch nach sonst irgend etwas. Und müde macht er auch nicht. Ich kippe den Rest aus der Tasse in den Ausguss und gieße mir Rotwein ein, gleich in die Teetasse. Auch der Wein schmeckt nicht. Trotzdem trinke ich aus und gieße die Tasse noch einmal voll.

Ich warte. Ich warte auf Erik. Er wird spüren, dass ich längst nicht mehr neben ihm liege. Er wird gleich in der Küche auftauchen, mich umarmen und fragen, ob es mir gut geht. Er wird mich bitten, zurück ins Bett zu kommen, zu ihm. Aber er kommt nicht.

Ich denke an das Gespräch heute Abend. Erik hat mich nichts gefragt, nicht einmal, ob ich eine gute Fahrt hatte ohne Staus auf der Autobahn. Alles, was ich über meine neue Familie erzählen wollte, ging ihm auf die Nerven. Er wirkte gleichgültig, fast abweisend. Das bilde ich mir nicht ein. Erwarte ich zu Unrecht, dass er sich für meine Familie interessiert?

Als noch schmerzlicher empfinde ich, dass er mich nicht umarmen wollte. Schon seit einigen Monaten begehrt er mich nicht mehr, was für mich schwer zu ertragen ist. Nach der Zeit der Hitzewellen ist mein Körper nur noch für die Lust da. Aber was soll ich machen, wenn ich nur Lust auf Erik habe, dessen Lust an mir offenbar vergangen ist?

Plötzlich fühle ich, dass er nichts mehr für mich fühlt. Wie ist das möglich? Doch vielleicht hat Erik Recht, dass das normal ist nach so vielen Ehejahren. Mir sollte es genügen, in Erik einen Gefährten zu haben, dem ich vertraue, mit dem ich Tisch und Bett und Alltag teile. Das ist viel mehr wert als Sex. Es war nicht richtig von mir, so fordernd zu sein und mir wird klar, dass er abweisend reagieren *musste*.

Im gleichen Moment verfliegt meine irrsinnige Angst, er könnte mich nicht mehr lieben, und ich gehe beruhigt zurück ins Bett.

Erik schläft und ich betrachte sein entspanntes
Gesicht, das mir meine Sicherheit zurückgibt.
Und endlich wirkt auch der Wein und ich kann
schlafen.


Ich träume, dass ich Mia zwinge, weiße Strick-
handschuhe anzuziehen und Erik nötige ich gefütterte Handschuhe aus Leder auf. Im Traum
weiß ich, dass ich träume und wundere mich
über die Handschuhe, denn es ist Anfang Juni
und seit Tagen hochsommerlich heiß.
Was will mir dieser Traum sagen?
Ich frage meine Kollegin, die sich mit Traumzei-
chen auskennt.
„Wer Handschuhe trägt, verbirgt etwas.“
Was verbergen Mia und Erik?
„Weiße Handschuhe weisen auf eine schwierige Situation hin. Du hast Mia gezwungen, diese
Handschuhe anzuziehen, weshalb die Schwie-
rigkeit von dir ausgeht.“
Das stimmt, denn es war wirklich schwierig, Mia
zu erklären, warum Erik zwar ihr Vater, aber
nicht ihr Erzeuger ist. Sie hat meine Gründe
nicht verstanden. Sie wurde wütend.
„Winterhandschuhe bedeuten eine unerträgli-
che Angelegenheit, die man besonnen angehen
muss.“
Erik trug dick gefütterte Winterhandschuhe. Ist
für ihn der Sex mit mir unerträglich? Muss *ich*

besonnen damit umgehen? Aber wie? Ich kann seine Ablehnung nicht einfach ignorieren, wenn sie mich kränkt.

Meine Kollegin sagt, dass ihr Mann sie nicht mehr begehrt, seitdem er Pornos auf dem Computer schaut. Ihm reicht es, sich an Bildern über fremde nackte Frauen aufzugeilen. Das tut er vom Sessel aus und muss nicht selbst aktiv werden.

„Jetzt habe ich endlich meine Ruhe vor ihm", sagt sie und lacht.

Ich will nicht meine *Ruhe* vor Erik und ich glaube auch nicht, dass er Pornos anschaut. Das passt nicht zu ihm.

Es ist dumm von mir, mir Gedanken über einen dummen Traum zu machen.

*****

Gleich nach der Arbeit besuche ich Mutti im Pflegeheim.

„Ich habe dir Blaubeeren mitgebracht."

Mutti reagiert nicht und singt leise vor sich hin. Blaubeeren sollen das Immunsystem stärken. Ich rühre sie in Bioquark, ihre Lieblingssorte mit Pfirsichen. So versteckt im Quark kann Mutti die Beeren aufnehmen. Folgsam öffnet sie den Mund und wartet darauf, dass ich den Löffel hineinschiebe. Sie schmatzt und schluckt, aber einige Beeren schiebt sie mit der Zunge wieder aus dem Mund. Das gibt Flecken. Zum Glück muss ich die Kleider nicht mehr waschen, das erledigt das Heim. Außerdem kann ich ihr morgen neue Blusen kaufen, Blusen mit Knöpfen, damit sie nicht über den Kopf gezogen werden müssen. Das mag sie nicht.

Ich erzähle vom Cousintreffen in Büdingen und frage: „Kannst du dich an Vaters Geschwister erinnern?"

Mutti schaut mich erstaunt an und dann wieder aus dem Fenster und ich weiß nicht, ob sie nachdenkt oder träumt. Schließlich schüttelt sie den Kopf.

Schade. Sie weiß nichts von Geschwistern.

„Doch!", ruft sie aus und sticht dabei mit ihrem Zeigefinger in die Luft. „An eine Schwester erinnere ich mich. Ich dachte, sie sei Peters Mutter, weil sie gut zwanzig Jahre älter ist als er. Das war peinlich."

Sie erinnert sich an Agnes, also wird sie sich auch an eine Affäre erinnern, falls es diese gab.

„Sie war nett, aber ständig um uns herum und ließ mich nicht aus den Augen. Keinen Schritt konnte ich ohne sie tun. Nebenbei kümmerte sie sich um die vielen Kinder. Da waren viele Kinder."

„Sieben waren es, sieben Kinder. Diese Kinder habe ich am Wochenende alle kennengelernt."

„So?", fragt sie erstaunt. „Wie kam das?"
Ich erzähle noch einmal von Beates Einladung und dem Cousinentreffen. Gleichzeitig freut es mich, dass Agnes Mutti nicht aus den Augen ließ. Also kann sie sich nicht heimlich mit Viktors Vater getroffen haben.
„Das älteste Kind war ein Mädchen und im gleichen Alter wie du als Braut, also achtzehn, das jüngste Kind war acht, ein Junge. Inzwischen ist dieser Junge fast sechzig Jahre alt." Mir kratzt es im Hals und ich räuspere mich. „Er hat lange mit mir gesprochen und sagte, dass ..."
Ich weiß nicht weiter.
„Was? Was sagte er?", fragt Mutti ungeduldig.
„Er sagte ...", ich hole tief Luft und fange noch einmal von vorn an. „Sein Vater heißt Bernhard. Bernhard ist Vaters Bruder. Erinnerst du dich an Bernhard?"
Gespannt beobachte ich ihr Gesicht, als ich drei Mal den Namen Bernhard ausspreche und ihn dabei noch extra betone. Aber ich entdecke kein Leuchten in den Augen, auch kein Erschrecken, also keine Erinnerung an ein verbotenes Abenteuer. Ich wage nicht, den Ehebruch in der Hochzeitsnacht direkt auszusprechen und glaube auch nicht, dass Mutti mich belügen könnte, dazu ist sie mit ihrer fortgeschrittenen Demenz gar nicht in der Lage. Also bohre ich nicht weiter und frage nicht noch ein-

mal nach Bernhard. Aber ich frage sie, warum sie mir nie von Vaters Geschwistern erzählte. Sie schaut mich erstaunt an und weiß offenbar nicht, wovon ich rede und was ich von ihr will.
„Denkst du gern an deine Hochzeit zurück?"
Mutti tippt mit ihrem Zeigefinger auf die Heidelbeerflecken und singt dazu. Plötzlich ist sie still und scheint mich nicht mehr wahrzunehmen.
Ich sehe, wenn sie ihre Ruhe will und einfach wegdriftet. Die Pfleger sehen es nicht. Oder es interessiert sie nicht, weil in diesem Moment dies oder jenes wichtig ist, was keinesfalls verschoben werden darf. Das ärgert mich, aber es nützt nichts. Die Pfleger halten sich an ihre Listen und Dienstpläne und können oder dürfen oder wollen nicht auf die aktuelle Stimmung und die Bedürfnisse des Bewohners eingehen.
Mutti versinkt in ihre eigene Welt, in eine Art Zwischenstufe. Sie ist nicht mehr ganz hier und auch noch nicht wirklich weg.
Das Sterben beginnt schon lange vor dem Tod. Manchen Leuten sieht man an den Falten und der grauen Haut an, wie der Tod sich von außen nach innen frisst. Andere wie Mutti haben noch ein glattes Gesicht, bei ihr sind die Runzeln innen, im Kopf. Ihr Herz, über das sie ihr Leben lang klagte, ist dagegen gesund.

Ich schreibe Viktor sofort, dass sein Vater kein

Verhältnis mit meiner Mutter hatte, weil sich Mutti nicht an Bernhard erinnert. Wenn sie ihr Leben lang so ein großes Geheimnis mit sich herumgetragen hätte, hätte sie sich trotz ihrer Demenz daran erinnert. Ich hätte es ihr angesehen, weil sie sich wegen ihrer Demenz nicht verstellen kann. Aber Viktor reagiert nicht, auch nicht auf meine Anfrage eine Woche später, ob er meinen Text gelesen hat. Das finde ich seltsam und ich weiß nicht, ob er mir nicht glaubt oder mir böse ist. Aber warum? Ich habe wie besprochen Mutti gefragt. Mehr kann ich nicht tun, doch er sollte so viel Anstand besitzen und zumindest antworten.

*****

Leider antwortet auch Beeke nicht, obwohl ich ihr ein lustiges Foto vom Familientreffen schickte, für das sie sich nicht einmal bedankte.
Sie schwärmte von der Cousinengruppe bei WhatsApp, in der jeder Mitglied ist. Hin und wieder stellt jemand ein Foto ein von einer Reise oder gratuliert zum Geburtstag. So bleiben alle in lockerem Kontakt. Beeke bot an, mich in diese Gruppe einzufügen. Ich stimmte begeistert zu. Doch seit dem Treffen in Büdingen sind inzwischen drei Wochen vergangen und sie hat es noch immer nicht getan. Sie ist

der Gruppenleiter, der Admin, nur sie kann mich aufnehmen.

Hat sie es vergessen? Oder hat sie bis jetzt noch keine Zeit gefunden, mich der Gruppe zuzufügen? Vielleicht möchte sie mich nicht in der Gruppe haben wegen der heftigen Diskussion am letzten Morgen vor der Abfahrt?

Mitten beim Frühstück schimpfte Beeke auf Ungeimpfte.

„Bliev friedlich! Se hebbt di nix daan!", versuchte Christer, seine Frau zu beruhigen.

„So sehe ich das auch", gab ich zu.

„Bist du auch so ein Schwurbler?", schrie sie mich an. „Leute wie du sind schuld, dass sich die bösartige Krankheit weiter verbreitet."

Ich war über ihre Heftigkeit derart erschrocken, dass ich im ersten Moment nicht sagen konnte, dass ich sehr wohl geimpft bin wie inzwischen siebzig Prozent aller Menschen in Deutschland. Doch mittlerweile plagen mich Zweifel am Nutzen dieser Impfe, weil der versprochene Schutz nicht eintritt und es inzwischen unangenehme Nebenwirkungen und sogar Todesfälle gibt. Deshalb sollte jeder selbst entscheiden, ob er sich impfen lassen möchte oder nicht.

Beeke stand auf und verließ wortlos den Frühstücksraum. Sie kam nicht zurück und hat sich von mir nicht verabschiedet.

Es gibt über diese Maßnahmen und Regeln

viele gegensätzliche Meinungen. Verschiedene Ansichten machen jedes Gespräch interessant. Doch in diesem Fall sind die Fronten derart verhärtet, dass Freundschaften und ganze Familien zerstritten sind.

Gehört Beeke zu denen, die nur mit Gleichgesinnten sprechen? Oder hat sie nur keine Zeit, viel Arbeit oder segelt mit ihrem Mann wieder nach Dänemark. Vielleicht bin ich ihr unsympathisch. Trotzdem hätte sie mich wie versprochen der Gruppe zufügen sollen, damit wir alle in Kontakt bleiben.

Mit Beate stehe ich jedenfalls in regem Kontakt. Wir tauschen Fotos und kurze Nachrichten aus.

*****

„Wir könnten an den Markkleeberger See fahren", schlage ich vor, „dort baden und ein wenig in der Sonne liegen."
„Du weißt, dass ich das nicht mag", schimpft Erik. „Außerdem will ich wie immer zelten."
„Wie immer", nörgle ich.
„Was dagegen?"
„Nimm doch dein Zelt mit und bleibe dort. Dann hole ich dich am nächsten Tag wieder ab."
„Geht nicht, bin verabredet."
Mich ärgert es, wenn Erik nicht in ganzen Sät-

zen spricht, aber ich versuche, mir meinen Ärger nicht anmerken zu lassen.

„Gut", sage ich, obwohl ich seine Verabredung heute nicht gut finde. „Wenn du verabredet bist, geht es wohl nicht und ich werde allein an den See fahren."

Ich mag den See, weil es um ihn herum Bäume und Sträucher gibt, die Schatten spenden, denn in der Sonne liege ich nicht gern.

„Also gut, du Nervensäge, bis zum Mittag habe ich Zeit. Wir fahren."

„Wunderbar!", rufe ich aus und falle Erik um den Hals.

Er schiebt mich zurück, weil er von mir derartige Gefühlsausbrüche nicht gewöhnt ist und auch nicht mag.

Leider ist die Straße zum See gesperrt, doch Erik mag nicht den Umleitungsschildern folgen, weil er eine Abkürzung kennt. Diese Abkürzung ist ein Schotterweg, der zunehmend schmaler wird, zuerst in einen Feldweg und dann in einen schlammigen Pfad in einem dichten Wald übergeht. Wir kommen kaum noch vorwärts. Voller Wut steige ich aus und setze mich auf ein Fahrrad, das plötzlich am Wegesrand liegt. Es hat kein Schutzblech, weshalb Schlamm auf meinen Rücken spritzt und mein neues lachsfarbenes Kostüm beschmutzt.

„Seit wann fährst du Rad?", wundert sich Erik.

„Dafür bist du viel zu ungeschickt."
Und doch komme ich besser voran als er im
Auto, das schließlich aufsitzt. Die Räder drehen
sich, aber das Fahrzeug sitzt fest. Auch ich
komme nicht weiter, weil der Pfad an einem
Fluss endet. Was nun? Eine Möglichkeit zum
Wenden gibt es nicht und wir können unmög-
lich den ganzen Weg rückwärts fahren.
„Wo hast du das Navi gelassen?", raunzt mich
Erik an.
Ich zucke hilflos mit der Schulter, denn auch ein
Navi könnte uns nicht aus diesem Dickicht be-
freien. Ich bekomme Angst, weil mir scheint, die
Büsche ringsum rücken näher, werden immer
dichter und mich zerquetschen ...

... und ich werde wach. Ein Albtraum! Was bedeutet er?
Mutti hielt Träume für heimliche Wünsche. Das
glaube ich nicht, denn ich wünsche mir ganz
sicher nicht, mich zu verirren und mit Schlamm
bespritzt in der Wildnis festzusitzen.
Ich frage meine Kollegin, die sich mit Traumdeutung auskennt. Sie meint, dass ich mit dem
einfachen Fahrrad auf meinem Lebensweg
besser vorankomme als Erik mit dem komfor-
tablen Auto. Er sitzt fest, hat sich verirrt und ist
zudem orientierungslos. Wald steht für Abenteuer und Prüfungen.

Dabei mag ich keine Abenteuer, schon gar nicht im Wald und stehe auch vor keiner Prüfung. Und Erik ist niemals orientierungslos. Er weiß, was er will, bleibt dabei gelassen und schreit nicht herum wie in meinem Traum. Mir scheint die Traumdeutung ohnehin viel zu weit hergeholt. Vermutlich habe ich nur mehrere Dokumentationen, Gedanken und Gespräche miteinander verwoben. Weiter nichts.

*****

Heute ist Männertag. Oder wie die Gläubigen sagen: Christi Himmelfahrt. Laut Google soll Jesus Christus vierzig Tage nach Ostern zu seinem Gottvater in den Himmel zurückgekehrt sein. Für derartige Geschichten fehlt mir die Fantasie.

Eigentlich hatte ich vor, mit Erik durch die Stadt zu bummeln, weil es überall Musikfeste und Marktstände gibt, so dass man einfach mal aus der Hand essen könnte. Doch Erik meint, Männertag sei Männertag und den feiert er mit Männern. Er ist gestern bereits losgezogen und wird erst am Sonntag wieder daheim sein. Erik sah richtig zufrieden aus, direkt glücklich – so sehr freute er sich auf das lange Wochenende mit seinen „Kumpels".

Direkt Freunde haben wir nicht, es sind meist

Eriks Arbeitskollegen oder Geschäftskontakte, mit denen wir ab und zu essen gehen. Ich brauche keine Freunde, weil ich mir selbst genug bin. Die Kontakte im Museum reichen mir völlig aus. Doch Erik ist in letzter Zeit auf den Geschmack gekommen und verbringt seine Wochenenden am liebsten mit seinen *Kumpels*. Ich gönne ihm diese Freude von Herzen.

Vielleicht werde ich allein in die Stadt gehen oder doch lieber im Internet über die neuesten Ausgrabungen recherchieren, was immer recht spannend ist. Bei Kleve wurden zum Beispiel Gräber aus der Römerzeit entdeckt.

Und ich werde im *Weinstock* einen Tisch für meinen Geburtstag bestellen, der gleichzeitig unsere Silberhochzeit ist. Der 17. Juni ist ein Freitag und das Lokal meist gut besucht. Erik will keine große Feier, am besten gar keine. Wir werden also nur zu zweit richtig schick essen gehen.

*****

„Du hast deinen Ehering nicht wieder gefunden?"

Erik schüttelt den Kopf.

„Im Fitnessstudio war er auch nicht?"

„Nein."

Erik glaubte, ihn dort beim Duschen verloren zu

haben.

„Du machst ihn nie ab."

„Nein."

„Jetzt trägst du einen anderen Ring, drei sogar."

„Ja."

„Ja oder Nein. Kannst du nicht in ganzen Sätzen sprechen?"

Diese Einsilbigkeit macht mich verrückt. Immer nur ein einziges Wort ist ungehörig und alles andere als eine Unterhaltung.

Erik schaut mich mit gerunzelten Brauen an.

„Ist das ein Verhör?"

„Natürlich nicht. Mir tut es nur leid um den Ring. Willst du dir einen neuen machen lassen?"

„Nein. Warum sollte ich?"

Warum möchte er keinen Ehering mehr tragen?

„Wir haben bald Silberhochzeit."

„Na und?" Unwirsch ergänzt er: „Ich habe drei Ringe, die genügen mir."

Erik trägt Ringe aus Metall, sie sind sehr breit und einer davon ist schwarz. Ich finde, sie passen nicht zu ihm. Hübscher wäre ein schmaler goldener Ring, vielleicht zweifarbig mit Gelb- und Weißgold. Heute gibt es so viele wunderschöne Angebote. Ich würde den gleichen Ring wählen, aber mit einem Stein, am liebsten mit einem Safir. Doch wenn Erik keinen neuen Ring möchte, brauche auch ich keinen.

*****

Am Wochenende ist Pfingsten, das kirchliche Fest des Heiligen Geistes. Ich kenne mich mit christlichen Bräuchen nicht aus, die es zwar in der DDR teilweise als arbeitsfreien Feiertag gab, aber für mich nichts mit der Kirche zu tun hatten. Bei uns wurden Birken vors Haus gestellt und mit bunten Bändern geschmückt, um das Erwachen der Pflanzenwelt anzuzeigen. Laut Internet ist Pfingsten eigentlich das Fest der Hirten, weil sie um diese Zeit ihr Vieh zum ersten Mal auf die Weide austreiben. Daher kommt auch der Begriff Pfingstochse, denn die Bauern schmückten ihre Tiere mit Blumen und Girlanden.

Ich bin kein Freund von alten Traditionen, aber ich mag die Volksfeste, die an Feiertagen in Leipzig stattfinden.

In der Innenstadt tummeln sich heute schon unzählige Menschen. Straßenbahnen und Busse sind derart überfüllt, dass viele Menschen nicht in die Fahrzeuge hineingelangen und an den Haltestellen zurückbleiben müssen. Meine Kollegin erklärt mir, dass es seit dem ersten Juni einen Fahrschein gibt, der nur neun Euro kostet und einen ganzen Monat im Nah- und Regionalverkehr gültig ist.

„Meine Eltern wollen mit sechs Nachbarn eine Reise ins Erzgebirge machen und die Schwiegereltern fahren mit ihrer Wandergruppe an die Ostsee."

„Schön", sage ich und überlege, wie die Verkehrsunternehmen solch einen fast kostenlosen Fahrschein verkraften.

„Schön? Die sind allesamt Rentner", sagt sie verärgert.

„Weshalb regst du dich darüber auf?"

„Weil sie leicht in der Woche verreisen können, wo wir Jüngeren arbeiten müssen. Sie sollten nicht ausgerechnet zu Pfingsten die Züge verstopfen, die schon voll genug sind."

Das ist natürlich ein Argument. Trotzdem tun mir die Alten leid, die das nicht bedenken und nun bei ihrem Ausflug keinen Platz finden und gequetscht und gestoßen werden.

„Ach, das geschieht ihnen ganz recht", schimpft meine Kollegin. „Wer nicht nachdenkt, muss eben fühlen."

Direkt am Ausgang vom Museum sitzt ein Penner auf der Treppe. Er trägt weder Schuhe noch Jacke und hat kein Gepäck dabei. Das ist ungewöhnlich, denn Obdachlose passen normalerweise höchst sorgfältig auf ihr weniges Hab und Gut auf. Ich befürchte, dass der Mann im Schlaf bestohlen wurde oder dass ihn unser Ordnungsdienst vertrieb, ohne dass er seine Sachen mitnehmen konnte.

„Kann ich Ihnen helfen?", frage ich.

Der Mann springt auf und fuchtelt mit seinen Armen.

„Weg! Geh weg!", schreit er, springt die Stufen hinunter und läuft quer über den Parkplatz davon.

„Ich tu Ihnen nichts", rufe ich hinterher.

Aber er ist schon weg.

Eine unserer Putzfrauen läuft ihm nach, gibt aber nach wenigen Schritten auf.

„Was war das denn?", frage ich.

„Das war der Erwin. Er läuft tagsüber barfuß durch die Stadt und schläft nachts im nahen Park. Wenn ich ihn treffe, stecke ich ihm etwas zu, ein Brot, ein Stück Käse, einen Apfel oder auch mal eine Jacke von meinem verstorbenen Mann."

Ich nicke beschämt.

„Er hatte nichts dabei."

„Der Erwin versteckt seine Sachen im Park und hat immer Angst, dass sie geklaut werden. Aber er ist zu schwach, um all seine Schätze mit sich herumzutragen und sie vor böswilligen Leuten zu verteidigen."

Wieder nicke ich und nehme mir vor, ab sofort immer etwas für Erwin in der Tasche zu haben.

„Aber warum lief er fort? Ich habe ihn nur gefragt, ob ich ihm helfen kann."

„Erwin ist misstrauisch. Sicher hat er schon viel

Schlimmes ertragen müssen."
Warum weiß ich das alles nicht? Seit mehr als zehn Jahren arbeite ich hier im Museum und habe diesen Erwin noch nie zuvor gesehen.

*****

Eigentlich habe ich schon alles eingekauft für Pfingsten. Ich brauche nicht viel, da wir am Sonntag im Gasthof essen und ich am Montag Dienst habe. Mia und Erik werden sich in der Stadt unter die Leute mischen und dort an einem der vielen Stände etwas essen.
Nur Brot fehlt noch. Ich mag Brot, viel lieber als Kartoffeln oder gar Nudeln. Leider hat mir meine junge Kollegin den Appetit darauf verdorben. Ich sollte ihrer Meinung nach überhaupt keine Kohlehydrate essen, weil die schädlich sind. Und wenn ich schon Brot kaufe, dann sollte ich echtes Vollkorn vom Bauern wählen und kein Imitat aus dem Supermarkt. Brotimitat? Gibt es so etwas? Ich müsse auf E-Nummern achten, die Allergien auslösen und krank machen. Bisher hatte ich noch keine gesundheitlichen Probleme, auch Mia und Erik nicht.
Und nun stehe ich vor den großen Regalen im Supermarkt und betrachte ratlos die unzähligen Brotsorten, weil ich nicht weiß, welche gesund sind und welche krank machen. Dinkelvollkorn

hat fünf Mal so viele Ballaststoffe wie Weißbrot. Für mich ist Ballast kein gutes Wort, weil es unnütze Last bedeutet, die ich gar nicht will. Und Magnesium, Kalium, Zink und Eisen sind angeblich wertvolle Vitalstoffe, aber für mich nur Metalle, die nicht ins Brot gehören.

Freitag vor Pfingsten. Ab heute bevölkern gespenstig schwarze Gestalten vier Tage lang die Stadt, weil nach zweijähriger Pause wieder das Wafe-Gotic-Treffen stattfindet. 15 Uhr hält mein Kollege einen Vortrag über das Sterben und die längst vergangenen Rituale, Praktiken und Bestattungssitten der letzten Jahrhunderte. Mich schaudert es, wenn ich nur daran denke und sehe nicht einen Funken Gutes darin. Schwarz steht für Trauer, innere Leere und Melancholie. Nichts davon ist auch nur annähernd angenehm und ich bin froh, dass sich Mia von diesem Unsinn nicht anstecken lässt.
Allerdings schaut sie sogenannte Blockbuster im Kino, wozu man früher Kassenschlager oder Knüller sagte. Aber ich frage sie schon lange nicht mehr, was sie für einen Film gesehen hat, denn meist scheinen es seltsame Fantasiegeschichten aus Amerika zu sein, deren Sinn ich beim besten Willen nicht verstehe. Ich werde nie begreifen, warum sich eine junge schöne Frau für derart abscheuliche Filme begeistert

und gleichzeitig im wirklichen Leben freundlich lächelnd schönen Schmuck verkauft.

Die meisten Menschen leben gern in Gruppen und treffen sich mit Gleichgesinnten. Viele sagen nur in diesen Gruppen ihre Meinung, weil sie sich dort sicher fühlen. Die meisten brauchen eine Führung mit festen Regeln, Geboten und Verboten, Vorschriften, an die sich sich halten können.

Natürlich musste ich nachlesen, welche Regeln für die Gothics gelten, um mich entsprechend auf diese Leute einzustellen. Sie sollen nicht in der Öffentlichkeit lachen, müssen sich mystisch und versunken geben, dürfen ihre Umgebung nicht wahrnehmen und schon gar nicht grüßen, sollen aber stets perfekt gestylt und geschminkt sein, die Todeskunst und den Horror verehren. Sie sind also nicht so unfreundlich wie ich glaubte, sondern halten sich nur an ihre absurden Regeln.

An der Kleidung erkennt man viel: Zugehörigkeit zu einer Gruppe, Protest gegen eine andere. Wer selbstbewusst ist, trägt die Kleider, die zu ihm passen.

Heute darf ich früher Feierabend machen, weil ich erst für den Pfingstmontag eingeteilt bin. Mir graut heute schon vor den scheußlich schwar-

zen Gestalten, die auch ihre Haare und Gesichter schwarz bemalen und das Museum und den gesamten Vorplatz bevölkern werden.
Ich werde also früher als gewohnt daheim sein.

*****

Karo steht in meinem Bad und schminkt sich, zum Glück nicht schwarz. Also hat sie kein Interesse an dieser Gothik-Veranstaltung. Und Mia auch nicht.
„Hallo! Schön, dich wieder einmal zu sehen. Ist Mia auch hier?“
Das war eine dumme Frage, denn wo sollte Mia sonst sein, wenn ihre Freundin in unserer Wohnung ist. Allerdings hat sie oben neben ihrem Zimmer ein eigenes Bad.
„Keine Ahnung“, antwortet Karo schnippisch.
Sie weiß nicht, wo Mia ist? Aber wer hat sie ins Bad gelassen, wenn nicht Mia?
Bevor ich sie das fragen kann, kommt Erik aus unserem Schlafzimmer. Er trägt seine Reisetasche unter dem Arm, was nicht nach Zelten im Wald aussieht.
„Wo willst du hin?“
„Die restlichen Sachen hole ich später.“
Welche restlichen Sachen?
„Wo du hin willst, habe ich gefragt.“
„Nicht in diesem Ton!“, weist Erik mich zurecht.

235

Karo tritt einen Schritt näher und mustert mich interessiert. Ich kann mir keinen Reim darauf machen, was sie hier will, obwohl Mia offenbar nicht hier ist.

„Was suchst du hier", frage ich sie und ärgere mich über meinen unfreundlichen Ton.

„Es geht dich zwar nichts an, aber wir fahren übers Wochenende nach Berlin", antwortet sie schnippisch.

Mit *wir* meint sie sich und Mia. Soweit ist mir das klar. Ich wundere mich nur, weshalb mir Mia nichts davon sagte. Aber warum hat Erik seine Tasche gepackt? Will er ebenfalls mit nach Berlin? Hatten wir einen gemeinsamen Ausflug geplant und ich diesen vergessen?

„Ich kann nicht. Ich habe am Montag den unangenehmen Gotik-Dienst."

Karo zuckt mit der Schulter. Ihr ist gleichgültig, ob ich mitfahre oder nicht.

„Wir fahren zum Karneval der Kulturen."

„Das Fest wurde abgesagt", weiß ich.

„Na und? Wir werden uns trotzdem amüsieren", sagt Karo und wippt auf ihren Zehen auf und nieder.

„Wir? Wo ist denn Mia?"

„Hört auf zu schnattern!", unterbricht Erik. „Wir müssen los."

„Ich kann nicht", wiederhole ich leicht irritiert. „Ich habe am Montag Dienst."

Außerdem bin ich nicht vorbereitet, müsste erst packen und am Sonntag zurück sein. Im Grunde gefällt mir die Idee, einige Tage in Berlin zu verbringen. Doch irgendwie kommt mir das ganze Gespräch seltsam vor, äußerst seltsam. Irgend etwas stimmt hier nicht, aber ich weiß nicht, was. Es bringt nichts, jetzt lange darüber nachzudenken, ich muss überlegen, was ich mitnehme.

„Und Mia?", frage ich noch einmal. „Ist sie noch oben in ihrem Zimmer und macht sich fertig?"

Karo schaut Erik an und kichert.

„Wie kommst du auf Mia?", fragt Erik kopfschüttelnd.

Hilflos hebe ich meine Arme.

Erik lässt seine Tasche auf den Flurboden fallen und faucht: „Sag mal, bist du so schwer von Begriff oder verstellst du dich nur?"

„Wieso?", frage ich irritiert.

„Hast du nicht längst mit Mia alles durchgehechelt?"

„Was denn?"

„Was denn? Was denn?"

Karo lacht nun laut und wirft dabei ihren Kopf nach hinten. Ich komme mir dumm vor, kenne aber den Grund nicht.

„Mia hat dicht gehalten", kräht sie. „Hätte ich nicht gedacht."

„Wobei? Wobei hat Mia dicht gehalten?"

„Mach dich mal locker", fordert Karo keck, „und schau mal aus dem Fenster!"
Automatisch drehe ich meinen Kopf zum Bad-fenster.
„Wir haben das Jahr 2022. Zu deiner Zeit ..."
„Was meinst du mit *deiner Zeit*? Habe ich jetzt keine Zeit?"
„Monogamie gibt es nicht, gab es nie. Das ist nur eine doofe Erfindung."
Wovon redet sie?
Karo stolziert aus dem Bad und streift mich da-bei. Sie stellt sich so dicht neben Erik, dass es aussieht, als lehne sie sich an seinen Körper. Mir wird auf einmal übel. Die Beiden wirken auf mich wie eine Einheit, wie ein ... ein Paar? Schnell schiebe ich diesen dummen und voll-kommen irrsinnigen Gedanken weit von mir.
„Wir haben in Connewitz eine Wohnung", sagt Erik.
Wieso Connewitz? Ich mag dieses angesagte Alternativ-Viertel mit verrauchten Studenten-kneipen, Imbissbuden und Second-Hand-Läden nicht.
„Warum? Wir leben hier in der Südvorstadt er-heblich angenehmer. Ich will hier nicht weg."
Wieder kichert Karo.
„Die rafft es nicht", sagt sie und boxt Erik gegen den Arm. Dann schmiegt sie sich an ihn und küsst ihn direkt auf den Mund. „Ich bin seine

Geliebte.“

„Seine *was*?“, schreie ich auf.

„Ge-lieb-te!“, wiederholt Karo, betont dabei jede Silbe dieses grauenhaften Wortes und schaut mich kalt an.

„Damit scherzt man nicht“, sage ich leise und bemühe mich, streng und tadelnd zu klingen.

„Wir“, Erik zeigt zuerst auf Karo und dann auf sich, „werden heiraten, wenn die Scheidung durch ist“, fügt er seelenruhig hinzu, als wäre es die banalste Mitteilung der Welt.

„Heiraten? Scheidung?“, stottere ich fassungslos und wiederhole die Worte immer noch, nachdem Karo und Erik längst verschwunden sind.

Was hatte Karo gesagt? „Mach dich locker! Wir haben das Jahr 2022, das ist nicht deine Zeit. Monogamie gibt es nicht.“

Ist das, was offenbar am häufigsten passiert, automatisch normal? Statistisch gesehen. Wer nicht fremd geht, wer sich nicht vom Partner trennt, ist ein sogenannter Ausreißer, ein Sonderling, also nicht normal. Sonderlinge zählen nicht. Ich zähle nicht. Ich bleibe nur übrig als Sonderling mitten in einer ansonsten normalen Welt. Ich störe die Statistik.

Ich presse die Hände auf meine Ohren, doch das nützt nichts. Alles, was Karo und Erik sagten, habe ich gehört. Jedes einzelne Wort. Und

diese Worte dröhnen in meinen Ohren und in meinem Kopf weiter. Sie sind in mir drin. Ich muss sie rauslassen.
Also schreie ich.

## Karo und Schluss

Ich finde Erik witzig und irgendwie goldig in seiner Art, mir zu gefallen. Aber so langsam nervt er mich. Glaubt er ernsthaft, ich würde ihn heiraten? Wenn ich genug von ihm habe, ziehe ich weiter. Die neue Wohnung läuft auf meinen Namen. Ich mag sie, auch wenn sie mir zu groß ist – im Moment jedenfalls.

Irrtümer
sind die Stationen auf dem Weg zur Wahrheit.

Dostojewski

„Die Freundin meines Mannes" ist ein weiterer Roman der Autorin Petra Weise.

Klappentext:
Ich mag meine neue Freundin Birgit sehr. Sie ist zwar vom Wesen her vollkommen anders als ich, doch wir verstehen uns gut.
Eines Tages stellt sich heraus, dass Birgit nicht nur *meine* Freundin ist, sondern auch *seine*, die Freundin meines Mannes.

Sämtliche Titel sind auch als E-Book erhältlich
Außerdem befinden sich mehr als 30  Kurzge-
schichten der Autorin in diversen Anthologien.

Petra Weise wurde 1954 in Freiberg/Sachsen geboren und lebt nach zahlreichen Wohnungswechseln durch Hessen und Bayern seit 1993 wieder in ihrer Heimat Sachsen.

Sie liebt das Erzgebirge mit all seinen Traditionen und fühlt sich auch in den Alpen wohl. In ihrer Freizeit liest oder malt sie gern, spielt Klavier und wandert durch den nahen Wald.

www.autorinpetraweise.de